郑玉林◎著

中国财富出版社

图书在版编目（CIP）数据

金水池／郑玉林著．—北京：中国财富出版社，2017.11

ISBN 978－7－5047－3870－7

Ⅰ．①金…　Ⅱ．①郑…　Ⅲ．①长篇小说—中国—当代　Ⅳ．①I247.5

中国版本图书馆 CIP 数据核字（2017）第 288922 号

策划编辑　张彩霞　　责任编辑　刘瑞彩

责任印制　梁　凡　　责任校对　孙丽丽　　责任发行　张红燕

出版发行　中国财富出版社

社　　址　北京市丰台区南四环西路 188 号 5 区 20 楼　　邮政编码　100070

电　　话　010－52227588 转 2048/2028（发行部）　010－52227588 转 307（总编室）

　　　　　010－68589540（读者服务部）　010－52227588 转 305（质检部）

网　　址　http://www.cfpress.com.cn

经　　销　新华书店

印　　刷　北京京都六环印刷厂

书　　号　ISBN 978－7－5047－3870－7/I·0272

开　　本　635mm×890mm　1/16　　版　　次　2017 年 12 月第 1 版

印　　张　15.5　　印　　次　2017 年 12 月第 1 次印刷

字　　数　181 千字　　定　　价　32.00 元

序

四年前和大多数人一样，为了生计我整天忙碌着。但我的兴趣早就发生了改变，再也不愿意为发财或是别的什么目的去重复那份让我压抑的工作。光阴虚掷，我有了一种压迫感，但愿赶在我不能动笔之前把一些文字写完。现在我终于有了闲暇，除了照顾家人，也便有了《金水池》。

我的处境、我的心绪左右着我写出的这些文字。二十岁那年我离开家乡，至今已经四十年，小时候的记忆却总在心头萦绕。即使是今天，我仍留恋着少年时的四季：春日柔柔的风，夏日蒙蒙的雾，秋日绵绵的雨，冬日纷纷的雪。故乡的景色不可抵御地迷惑着我，一次次让我放弃常识，去做一些不着边际的梦。尽管那是一个无法排遣且远离现实的虚幻，而《金水池》偏偏成了这个虚幻的载体。

如果你是一个细心的、善于思考的人，就会发现小说虚构的这个远古故事的结局不知为什么很难终了，小说对那些小人物所寄予的深切同情是很难消逝的，尽管这同情多少有些黯然，但那的的确确是我自己心灵意愿的表达。岁月的浸泡磨去了我年轻时的意气，老之将至的消沉浑然不觉一点一滴地融化着我，并滋生出一片片零乱的悲悯来。不知从哪天起，我接受并认同了这种少年时不曾有的感觉，经年累月越积越深，因此《金水池》给了几个小人物一段机缘，缘分让他们生出许多不了的情怀。

我始终认为人心的温情远比严谨的说教更有力量，即使是殇这样一个并不美好的形象，我也从未非此即彼，像一些所谓“深刻”作品那样对其妖魔化处理，显然那样的结果势必让人不寒而栗。我宁愿本着中庸的态度对这一形象加以叙述，一个内心朴素的人是不愿意朝那个方向上追求的。我横着一条心要将善良美好的情趣通过我的文字传播给爱看这本小说的人们，尽量多一些温情与关怀，少一些对思想深度的穷追不舍。冰冷、丑陋、血腥、下流、诅咒……诸多的变态情趣不是人们的精神需求，极端地强调现实主义往往会忽略文学起码的美感，是对人对己的不负责任。好比一个农人在秋天到来的时候去田里挖掘他的收成，结果挖掘越深与他的期望也就越远。

我十年来的写作历程中，彷徨与失落总是有的，有些读者看了我的小说《红柳谣》，批评写得不够“深刻”。这是一个很时髦的词，在一些读者中有着广泛的认同。面对这样的批评，大可不必争论。让我放弃小说的审美价值而去追逐认识价值是根本不可能的一件事情，对一切被怜悯的人物寄予关怀与同情并不浅薄，捡起深度而唯美被弃荒野，那才是本末倒置。我确实是打算在这一条道上走到黑的，在美学趣味上我永远追随古典主义。

作为幻想文学，《金水池》中的故事并不撼人心魄，一个个单薄的小精灵形象的转化也不复杂，与我们今天满目繁花盛开的穿越故事里的情形大相径庭。正是这种简单的处理给人留下了广阔的遐想空间，我很执着地认为它会给人以美感而不是炫目，不管人们是否认可，这都是我文学观最真实的表述，很难改变。

一位著名作家写道：“一部既然叫‘文学’的作品，天经地义文学就是它的属性，就是它得以安身立命的基石；丢了文学、文学性，那可怜的文字就活不下去，就活不长；一切都可丢掉，唯独那文学性绝不可丢掉。”让幻想回到文学，说起来容易，真正做到是很不容易的。失去了精神内涵和审美价值，只剩下平庸拙劣的幻想是不能称得上文学作品的。我害怕随波逐流，在简简单单的时空穿越中流浪迷失。但愿在人们的阅读空间里，幻想潇洒豪华的背后不再是文学的缺席与放逐、想象力的平庸和无奈。

我几十年建立的思想终于变成了文字，欣喜之余心中仍有羞愧，小说叙事的笨拙、情感的涨满时时折磨着我，但我还是宽容了自己，期待着它与读者见面的一天，因为它融入了我许多难以言说的辛劳。我从未指望我的小说红红火火风风光光，只希望它在热浪滚滚时能带给人一丝清凉。因为文学修养的不足以及写作训练的欠缺，小说在行文表达上还有许多不尽如人意的地方，但我还是把它整理出来安放在文学空间里，在人们挑剔的目光下，《金水池》好的东西得以保留，缺点和错误随风飘逝。

在此，我还要特别感谢中国财富出版社的张彩霞编辑，她为《金水池》的创作提出了许多有价值的意见，因为她无私的帮助，我们今天才有机会看到这样一个完整的版本。

郑玉林

2017 年 10 月

目　录

引　子

金水池塘

2005年夏某夜，梦一塘，曰金水池。池水清幽，云烟缥缈。畔有山林，现一角红墙。林间小径通过，丽人行其中，醒来作文记之。

金水山庄，花溪海棠；竹篱茅舍，梦里仙乡。金水庄人，稼樯蚕桑；温良恭俭，落落大方。金水丽人，名唤霓裳；天生丽质，美艳无双。杨花三月，金水池塘；烟雨如丝，小舟轻荡。我与霓裳，相遇池上；隔水相望，爱意惶惶。金水丽人，嗔我轻狂；离舟登岸，转向红墙。青石小径，远去霓裳；玉影不见，芳迹迷茫。晚风拂柳，一抹斜阳；落花漫漫，寂水沧沧。寒来暑往，三载时光；池塘依旧，不见霓裳。石阶木坊，寂寞凄凉；荷花海棠，黯然神伤。

金水池塘，荷叶摇荡；莲花数朵，送人幽香。回眸远望，烟雨迷茫；思想霓裳，不知何方？悠然云淡，重现星光；远山近水，风送清凉。树影婆娑，月上松墙；疏竹掩映，玉女霓裳。我欲前往，恐惊红妆；溟蒙数尺，宛如屏障。众里寻她，竟在池上；心仪渐久，梦醒仙乡。金水池塘，令人神往；金水丽人，令人痴狂。金水之夜，使人迷惘；金水之梦，醉人心肠。

金水姑娘，湘裙轻荡；屐齿轻敲，青石小巷。绕开草堂，穿过桥廊；茶山坡上，缥缈红裳。金水茶山，高照艳阳；蜓飞蝶舞，漫野花黄。微风浮荡，茶花飘香；原野牧歌，笛声悠扬。金水姑娘，俊俏模样；十指尖尖，采茶正忙。谁家少年，挥鞭牧羊；翩翩而来，金水山冈。采茶姑娘，心儿慌慌；几回顾盼，几回彷徨。茶林有情，茶花荡漾；金水恋人，倾诉衷肠。白云悠悠，绿草苍苍；此情不渝，地老天荒。金水茶山，夕照满塘；姑娘少年，转回家乡。

金水池塘，清波荡漾；荷花初放，淡淡幽香。信步池上，思想霓裳；深闺玉女，你可安康？忽闻琴瑟，音韵悠扬；烟霞缥缈，紫雾微茫。似梦似幻，如惚如恍；青藤小径，走来霓裳。白衣素练，仪态万方；循循嘱我，勿轻勿狂。吾本玉女，非是霓裳；居上清境，阆苑仙乡。巫山神女，真空妙相；朝云暮雨，化行十方。吾随神女，遍涉遐荒；汝可速回，莫生虚妄。玉树花影，香风浮荡；玉女蹁跹，倏然而藏。池水潋滟，心泉涤荡；顷刻憬悟，似见晨光。金水之夜，恬静安详；远山如黛，星稀月朗。金水池塘，梦醒地方；金水丽人，在水一方。

又五百载，金水池塘；云香缥缈，仙乐悠扬。金水长者，手执竹杖；白发青衣，缘自何方？亦曾年少，寻梦池塘；幸逢仙女，梦醒池塘。迷途而返，隐迹东方；回向正道，不知时光。夜色微茫，群仙云降；真人羽士，济济满堂。道德真言，赐福送祥；须臾会散，圣返仙乡。金水池塘，荷叶摇荡；丹霞瑞霭，缭绕仙庄。金水池塘，玉波清凉；远山衔月，太白东方。

◦上部◦

流云

第一章　茶　山

瑶远远望着把守天门的飏，心突突地直跳。她几次来到这里，可一直没能走出天门。

璞五天前从这里走了出去，他去了人间。

瑶和璞有约：两人不管谁先出天门，另一个人三天内都要设法离开天上，到人间一个叫金水池的地方相会。

已经过了约定的期限两天了，瑶一直没找到机会，进出天门的人原本就不多，想要跟着走出去真的很不容易。

几个青衣侍使从瑶身边经过，朝天门那边走去，瑶悄悄跟在他们身后。

飏站在天门口，正在查验每个进出天门的人。

瑶从袖子里取出一棵仙草，忽然觉得有人在牵她的衣襟。

瑶回头，原来是琪。

琪向瑶眨眨眼，示意她不要出声，然后指了指天门。

瑶一阵犹豫，但还是把琪藏在了身后。她把仙草放上头顶，隐去自己的身形。

她们躲在青衣侍使身后，一点一点朝天门口挪去。

仙草的光环并未完全罩住琪，琪的身子若隐若现。瑶十分焦急。

飕看着那几个青衣侍使，并没注意他们的身后。然而他嗅到一股花香，那是瑶胸前挂着的香袋发出来的。

飕向花香飘来的地方望去。

感觉有人走过，却又什么都看不见。飕揉了揉眼睛，仔细再看，隐约间他发现了琪。

琪踏着一片云，已经出了天门。

飕知道自己失职了。

“站住!”他大声叫喊起来。

瑶给吓了一跳，头上的仙草一下坠落下来，两人立刻现出身形。

两个仙子。飕愣住了。

慌乱中瑶去抓那棵坠落的仙草，但没能抓到。仙草飘飘荡荡向人间坠去，一会儿就消失得无影无踪。

瑶和琪十分惊慌，两人挥起宽大的袖口努力吸住飘过身边的一大片云彩，迅速躲了进去。她们向着仙草坠落的地方追去。

飕十分懊恼，几天前他因为放走璞受到斥责，今天他一下又放走了两个仙子。

没来得及走出天门的青衣侍使全都站在那里，瞪眼看着他。

飕心一横，飞身奔出天门，向着两片云彩飘走的方向逃去。

金水池，一个很少有人知道的地方。

群山环抱的湖水十分平静，像一面镜子映照着蓝色的天空。水面不时升腾起白色的烟岚，云的影子倒映在湖中，水天一色，再也无法分开，呈现着金水池特有的深邃和迷茫。

湖水不深，离岸近的地方生长着成片的芙蕖，岸上不远处突出一块比茅屋还要大的青色巨石。巨石的后面是茂密的竹林，一条青石小径穿过竹林一直通向半山坡的山洞。

璞来到这里已经五年了。

一个宁静的午后，璞一个人站在金水池边，心中充满了期待。五年来，他每天都要来到这里，凝神看那远远的天边。花开花落，霞飞霞灭，他都浑然不觉。他在等待一个人，那个人就是瑶。

一缕凉风吹过，璞的心中又泛起了孤独。瑶为什么到现在还没有来？

巨石旁的一棵大树上传来了秋蝉的鸣声，这声音让璞感到困倦。他爬到巨石上望着茫茫的湖水，心中痴痴地想。湖水被风吹起道道涟漪，璞心中十分悲凉。一阵倦意袭来，他躺在巨石上，闭上眼睛。

他睡着了。

天河，一条没有源头没有尽头的大河。一年中除了两个特别的日子，这条大河既没有波纹也没有浪花，寂静中更没有一丝流淌的迹象。

天河岸边的山阜上有一片广袤的竹林，筱园就坐落在这片竹林里，少年璞在这里看守园门。

璞每天徜徉在烟霞缥缈的天河边，他的心就像静静的河水没有一点波澜。直到有一天瑶的出现才打破了这沉寂，璞的心有了躁动。

那天璞走出很远，穿过一大片苍蔚的松树后来到茶山坡下。

一只色彩斑斓的蝴蝶在他前面的不远处翩翩起舞，那是一只璞从来没有见过的蝴蝶。

璞一步步接近蝴蝶，蝴蝶却躲着他向山坡上飞去。

璞追赶它，一直追到半山腰。

蝴蝶飞进一片茶林，不见了。璞站在那里，怅然若失。

隐约间他发现茶山坡上站着一个穿紫色衣衫的仙子，璞忘了蝴蝶，他被仙子随风飘动的衣袖吸引。

仙子低着头只顾看着地上，根本没注意到璞。

璞离仙子越来越近了，他看清了她乌黑的长发和白皙的手臂。仙子手里捏着刚摘下来的一朵野花。

璞停下了脚步，痴痴地看。

仙子抬起头，发现璞正在看她。

璞的目光没有躲闪。

仙子低下头，心中有了慌乱。

璞没见过这么漂亮的仙子，心急乱地跳着。

山坡上又出现了那只色彩斑斓的蝴蝶，但它的舞姿再也没能吸引璞。

仙子看了璞一眼转身向茶山深处走去。

璞望着那远去的紫衣，久久不愿离去。

从这天起，璞每天都要离开筱园走上很远的路去茶山寻找那个穿紫衣的仙子，可一连几天都不见她的身影。璞很是失落。

但他仍然充满期待。

一天，穿紫衣的仙子又出现在茶山坡上，璞朝她跑去。

他来到她的面前。

她望着他，没有躲避。

他也望着她，问她是谁。

她告诉他：她叫瑶，一个采茶的仙子。他也告诉她：他叫璞，在竹林里看护筱园。

瑶的脸红红的，目光中带着羞涩。

以后的日子里璞很少去看天河，不管瑶出现在哪里，璞总是出现在她的身旁。

他们的故事从这里开始了。

一天，瑶正在山坡上采茶，璞从地上摘起一朵不知名的小花来到瑶的面前。

瑶幸福地闭上了眼睛。

璞把小花插在瑶的鬓角。

瑶睁开眼睛望着璞。

璞向后退了两步，仔细地打量着瑶。

瑶的眼里闪动着喜悦的光芒，身心完全沉浸在了梦幻般的幸福中。

他挽起她的手。

傍晚，瑶该回去了，她站起身来，望着寂静的茶山。

璞低下头，望着脚下的绿草，半天才说话，“我想和你在一起。”

瑶看着璞，“这是不可能的。”

璞很失落。

沉默了一会儿，瑶问璞：“想去人间吗？”

“人间好吗？”璞反问瑶。

瑶说：“那是一个无拘无束、自由自在的好地方。如果你愿意，我们可以去人间。”

璞惊讶地望着瑶，“人间那么大，我到哪儿去找你呀？”

瑶告诉璞，“有个地方叫金水池，我们可以在那里见面。”

璞心中又升起了希望，对瑶说：“我俩不管谁先到了那里，另一个都要设法早些离开天上……”

瑶细眯着眼睛看着璞，伸出了双手。

璞一下把她拉住，“三天为期，一定！”

“一定！”

夕阳照在茶山坡上，他们就要分别了。

瑶看着璞，眼里满是柔情。

璞不愿离去，伴着瑶又往前走了一会儿。

瑶停下来，要璞回去。

璞的脸上又有了迷惘。

瑶冲他笑笑，转身走上茶山。忽然她又停了下来，转身对着璞，轻轻地挥动手臂。

风舞着她宽大的衣袖，就像美丽的蝴蝶翅膀。

璞将两只手放在自己的嘴边，冲着瑶大声呼喊：“瑶，我等着你。”

瑶看着他。

虽然有了一段距离，璞还是看清了瑶脸上那灿烂的笑。

瑶放下手臂转身走进了茶林深处。她的身影越来越远，不一会儿就变成了一个模糊的紫点。璞站在那里望着瑶，直到那模糊的紫点和那葱茏的绿色完全融合在一起。

一阵沙沙声响，是人走路的声音。

璞从睡梦中惊醒，坐起来向声音传来的方向望去，一个人正朝巨石这边走来。

璞看清了，那是守天门的飚。飚居然会追到了这里，璞从巨石上跳下来，做好逃跑的准备。

飚已经来到他的身边。

璞向飚的身后望去，没有别人。飚的手里既没兵器也没绳索，璞这才放下心来。

飚在璞的面前站住，平静地说："真没想到会在这里遇见你。"

璞小心地问："你不会是为了抓我才来到这里的吧？"

飚苦笑着说："我也是逃出来的。"

璞说："为什么？"

飚愁眉不展，"我放走了两个仙子。"

璞叹了口气，问飚："你见到瑶了吗？一个仙子。"

飚说："一个仙子？没看见。"

璞说："她叫瑶，几年前我们就约好在这里见面，她一直没来。"

飚说："听说一个仙子前天被贬到乐山那里去了，会不会是她？"

璞看着池水，目光有些忧郁，“乐山？也许会的！我想我该离开这个地方了。”

飏问：“你要去哪里?”

璞说：“去乐山。”他回身指着远处，“竹林后有一个山洞，那是我住的地方，明天就归你了。”

飏见璞真的要离开，心中涌过一阵伤感。此时他真的希望璞能留下来。这里对他来说毕竟是一个完全陌生的地方。

璞对飏说他不管走到哪里，一定要找到瑶。

第二天，一缕晨曦张开它美丽的翅膀，璞迎着尚未消逝的星光向正北的山口走去。

璞离开了金水池。

璞曾听人说起过乐山，那是一个十分遥远的地方，在他见过的人中没有人真的到过那里。

瑶会在那里吗？璞一边往前走一边想心事。

太阳刚好从东方升起，璞迎着朝霞一路向前。荒野十分寂静，偶尔会有一两座茅屋隐隐约约浮现在清晨的薄雾里。璞希望这一路都能见到这样的茅屋，饿了的时候不仅可以讨到吃的，到了夜晚他还可以找到住的地方。

薄雾渐渐散去，正前方不远处站着一个女子，行走在无尽的寂寞里。突然看见一个年轻女子对璞来说也是一种激励。他慢慢朝她走去。女子前后没有别的人，似乎是有意站在那里等璞。

璞有些诧异。

女子往璞这边走了几步，两人的距离更近了。璞在女子面前停下来。

“璞为何不辞而别?”女子率先说话。

璞有些不知所措，心想她怎么知道自己的名字？来金水池已经五年，从来就没见过这个女子，又哪来的不辞而别？他愣在那里。

女子看着璞，等着他的回答。

璞却一点反应也没有。

女子现出很有耐心的样子，告诉璞：这些年她一直与璞为伴。她还有亮、明、宝、和四个兄弟，每天夜里轮流值夜，帮他保留火种，使他免于寒冷。

璞是个聪慧的少年，立刻明白女子有些来历，她绝非部落里的女子，但他还是佯装糊涂。

“可我一直没见过你。”

“如果不是你突然要离开，我也不会在这儿等你。”

“你的话我还是不明白。”

“我叫全姐，五年来你一直住在我家，这回明白了吧?”

璞心里一动，知道遇上了麻烦，自己居住的山洞居然是一个叫全姐的女子的家！她究竟是个什么邪魅？他仔细打量着全姐，试图在她身上看出什么秘密。

全姐说：“五年了，你总不能这样不明不白地离开吧?”

直到这时，璞还是不明白她的真正意图，反而觉得自己遇到了敲诈。

全姐的目光始终未离开璞的脸。璞油黑的头发散乱地耷拉

在前额和肩上，他闪着童真的眼神、高挺的鼻梁、圆润的嘴唇不可多得。虽然初时的新鲜感已荡然无存，但今天怎么看璞她都看不够。

在这个世上全姐只欣赏这个孤单的少年。离开璞，她简直活不了了。

原来璞刚到金水池时居无定所，白天去附近的部落讨食，夜晚随便钻个草堆过夜。直到有一天他发现了这处山洞才安顿下来。

在山洞里璞发现了不知是谁丢下不要的陶罐和陶碗（都是全姐给他弄来的），而这些恰恰是他十分需要的东西。璞每天除了去山口看那屈指可数的行人，再就是在山洞里默默地静坐，等着瑶的到来。

他从附近部落讨来了火，在洞口用瓦罐煮吃的东西。还从部落人那里学会了种稷、黍和采摘野果，当然也学会了自己舂米磨面。

从清晨到黄昏，从日落到天明，山洞里只有璞一个人。璞从未觉得寂寞，他无论如何也不会想到，一只蝎终日陪伴着他。

蝎就出生在岸边的一块巨石下，从她记事那天起这一带就没有人烟。是她第一个发现这个山洞，所以她当之无愧是这个山洞的洞主，竹林里蜈家四兄弟是她最近的邻居。一年，金水池的荷尖刚刚露出水面，她伏在湖边的巨石上往下看水。平静的水面让她升起一个念头。

“水里一定很好玩”的念头让她激动不已。

她一点一点向水边爬去，身子慢慢滑进水底。那里除了水草就是污泥，什么好玩的都没有。她有些后悔想爬回岸边，拼尽全力还是无法浮出水面，她感到了窒息，一会儿就什么都不知道了。

蝎记不清自己是什么时候醒过来的，又是什么时候从水底浮起来的。她只知道自己和别的蝎已经不一样——变成了一个少女而且有了一个名字——全姐。全姐觉得自己身子很轻，比在陆地上要灵巧得多，几乎没费一点力气就回到了岸上。

她去竹林里找蜈家四兄弟。四兄弟说她还是蝎，只是变成了一个女子，十分好看。全姐暗暗吃惊，金水池真的那么奇妙！

一段漫长岁月之后，金水池岸边有了部落。这时的全姐已经出落成一个少见的窈窕女子。全姐的日子很单调，除了夜晚到外面看天上的星星和月亮，白天就是一个人在山洞里默默地静坐。无欲无求。

璞的到来让全姐的心境发生了改变。黑幽幽的山洞里一下有了生气，那是一个少年的纯阳之气。每一个角落都不再清冷和幽暗，仿佛从石缝里吹来的风都让全姐感到温馨，少年的气息越来越让她迷醉。有时璞也会离开她一些日子，那时她会有一种很强的失落甚至是苦闷。

她知道璞早晚有一天会离开金水池，这个念头出现一次，她就会痛苦一番。昨天，当璞对飏说起他要离开时，全姐十分伤心。

是时候了，她必须把璞拦下。

全姐告诉璞，不管他走到哪里她都不会离开他。一个从未谋面的女子竟然说照顾了自己很多年，从此又要和自己形影不

离地待在一起。璞既无奈又生气。

他还是耐下心来告诉全姐自己来金水池完全是因为瑶。全姐说这些她早就知道，璞来金水池就是为了这个人，如今瑶已经失约，璞没有理由拒绝她。即使有瑶在璞的身边，她也不会离去。

璞觉得他从未遇见这么棘手的事情。

“全姐，感谢你的好意，让我走吧！我和瑶有约，不离不弃。”

“璞！这里没有瑶。带我走吧！只要在你身边就行。”

全姐痴迷地看着他。

璞急了，心扑通扑通地跳起来，感觉就像老鼠打洞一下打到了岩石上，再也没有了前去的机会。他四下环顾，想找一个人，向那人说上一声：“帮帮我，把这个叫全姐的人给我引开。”

但四周空无一人。

全姐依旧那么执着，“璞！我不是你的累赘，我会帮助你。”

璞知道很难将她摆脱，不如先把她稳住，便说：“全姐，你得答应我，你先回去。等我找到瑶回来再去找你。”

全姐慌乱了，几乎不能自持，“璞！我等着你。”

见全姐答应下来，璞心中豁然开朗，看着全姐说：“让我看着你先走。”

全姐告诉璞，不管能不能找到瑶都要早些回来。

璞点点头。

全姐高兴地回去了，去看山洞的新客人。璞仍旧默默赶路。

作为一个精灵，全姐在不知不觉的岁月流淌中脱胎成了一个让人心疼的女子。她每天与璞相伴却不想让他看见，遗憾的是璞根本就没感觉到她的存在。和世上所有年轻女子一样，她希望得到异性的疼爱。她的情感是真诚的，面对璞她没有一丝一毫的羞涩。只不过她的表现过于直白而且不是时候，一千多个日夜全都被她荒废掉了。

此时璞心里想的只有一个——瑶。

两天以来，璞一直走在荒野之上。

天黑之前，璞远远地看见三个茅屋。其中一个茅屋前升起了炊烟，他向炊烟飘来的地方走去。

一个女人和一个男人正在茅屋前的空地上用瓦罐煮饭，一个老婆婆佝偻着从他们身边走开，进了茅屋。

走了一整天，璞早已饿了。

女人在瓦罐下面添了几根树枝，站起身。

璞站在那里，迟疑着。

女人转过身，向璞这边走来。但明显她不是冲着璞，她前面几步远的地方放着一堆干树枝，女人拿起一把树枝没走开，停下来看着璞。

璞像是得到了召唤，快走几步来到女人面前。

这是一个瘦瘦的女人，长脸，胸前瘪瘪的。女人冲他笑了笑，脸上带着少有的喜色，璞心中一下有了温暖。

女人说："小弟，你是从哪里来的，我怎么没见过你?"

璞说："我从金水池来，路过这里。"

女人又说："你要去哪里?"

璞说："我要去乐山。"

女人："乐山在哪里?"

璞说："我也不知道。"

女人很是困惑，这是一个相当不错的少年，怎么会连目的地在哪里都不知道？也许他有什么说不出的原因。

女人还想再跟他说上几句，坐在瓦罐旁边的男人有些焦急，要女人赶紧把树枝拿过来。

璞赶紧过去和男人打招呼，女人拿着树枝跟在他的身后。

男人盯着璞，半天用很低的声音问了一句话："你喜欢她吗?"

璞一怔，赶紧解释说："我饿了，想要点吃的。"

男人笑了，"你也不小了，喜欢她的话你就留下来。"

那人这句话让璞的内心产生巨大的难堪，他赶紧对男人说："对不起，我还是走吧!"

女人放下手里的树枝将璞拦住，"小弟，还是吃了饭再走吧!"

璞红着脸，坚持要离开。男人站了起来，"再过一会儿饭就好了，还是吃了饭再走吧!"说完哈哈大笑。

璞慢慢从窘境中解脱出来。

这是个完全陌生的地方，璞来到金水池后从没走过这么远的路，不了解别处部落的风俗。璞听人说起有些部落曾发生过交换女人的事情，但那仅仅是交换女人，对男人应该不会那样吧！璞对男人的话很敏感，但愿他刚才说的只是一句玩笑。

另外一座茅屋里走出来一个女人，她的怀里还抱着一个像是出生刚几个月的婴儿，站在屋门口朝这边看。璞不清楚她和正在做饭的这一男一女是不是同一个部落。璞看着他们，觉得自己也没有必要问。

女人朝那边喊了一声，另外两个茅屋里又钻出两个男人和四个女人来。

他们一起朝这边走来。

两个年龄稍大一点的女人一左一右蹲在璞的身边问这问那。另外两个女人也都盯着璞，显得很有兴致。璞又有了拘束感，僵硬地应付着她们。

女人从一个盖着的陶碗里掏出点盐巴放进瓦罐，用木勺搅了搅，野菜粟米粥就算煮好了。人们围着瓦罐蹲下，刚才看到的老婆婆没有出来。女人盛了一碗先递给璞。璞接过站起说要送给茅屋里的婆婆。男人说首领老了，从来不吃晚饭。璞只好坐下来，等着和大伙儿一起吃。

天渐渐黑下来，璞站起向大伙儿告辞。男人说天太晚了，前面已经没有人家，还是在这里住上一晚吧？女人也说走夜路不太平，荒山野岭碰上野兽一个人难以应付。

璞觉得他们说的话不无道理，看看远处模糊的树影，心想也只能在这儿住下了。

夜很快到来了。男人女人们各自走回自己的茅屋。璞守着瓦罐下的余火默默地坐着。

茅屋外面静悄悄的，除了风刮过的声音外，便是附近苍松古柏枝头上不知名的鸟叫声。

今夜没有月光，天阴得没有一颗星星，一种孤独感涌上璞的心头。他又想起了金水池，湖边那块巨石，竹林后的山洞。这一切都让他十分留恋，他甚至有了想立刻回去的冲动。

茅屋的门开了，璞是用耳朵听见的。接着传来轻轻的脚步声，大概是女人出来了。

璞抬头向声音传来的方向看去，的确是那个女人，尽管她的身影十分模糊。璞觉得她正一步步朝这里走来。

女人在璞的身边站住，弯下腰，在他的脸边轻轻地说："回屋去吧!"

璞答应着，站起身，跟着女人进了茅屋。

茅屋里面黑得出奇，璞不知道里面还有几个人，自己靠着墙根蹲了下来，等着女人给自己安排一个地方。

女人费了很大劲儿才把茅屋的门关好，回过身来告诉璞往里边靠一靠。璞往里面挪了挪，坐下看着女人。其实他什么也看不到，只是听女人在说话。

女人在璞的身边坐下，说："这屋子只有咱们三个人，很宽敞。"

璞这才知道原来今夜他将与那个佝偻着的婆婆和身边的女人住在一起。他心中有了一种微妙的感觉。

女人告诉璞，她这个部落十一个人里男人只有三个，女人们活得很不轻松。

璞问女人是怎么回事。

女人告诉璞这一带人烟稀少，部落与部落离得都很远。白天不觉得怎样，夜间野兽经常在屋外活动，十分恐怖。男人们也很害怕，都往人多的茅屋里面挤，所以这里只剩下她和年老的祖母。因为男人少，多年没人出去打猎，吃的就不如男人多的部落好。

璞说可以去河里下网，一年四季总是有鱼可捞的。女人听了这话，半晌没有言语。过了一会儿她才说，除了她自己再没人能够下河，男人们个个都怕水。

璞心想原来这几个男人一个比一个胆子小。

女人递给璞一条麻编织的被子，然后脱去衣裙自己先躺下去了。璞坐了一会儿在她身边躺了下来。

夜已经很深了，璞一点也不困。像是在想什么却又什么也没有想。他静静地躺着一动不动，生怕惊扰了身边的女人。

女人同样没睡，闭眼想着自己的事情。

这是个很偏远的部落，三个男人中年纪最大的是她的叔叔，另外两个是她的弟弟。从小到大他们都不关心她。

她十几岁的时候，一个人游过一条小河沟去野地里寻找吃的。那天她遇到一头狼。她害怕极了，想跑又跑不动，一点点往小河沟这边走。狼远远地跟在她身后，她一边哭一边跳进水里。狼隔在了对岸。她活了下来，但惊吓和寒冷的河水夺走了她的生育能力。从此她变得又干又瘦，男人谁也不愿去碰她。

这是一个让她高兴的夜晚，她的身边躺着一个少年。她为这个夜晚而激动，甚至是陶醉。尽管这个少年天亮的时候就要离开。

她闻到了一股久违了的气息，那是从少年身上发出的淡淡的香气。这种香气让她感到兴奋，甚至有些迷乱。她身子往璞这边凑了凑。

就像野地里生长着的南瓜，即使是雄花开放时也会散发出

一股好闻的香气，招来一只只蜜蜂和蝴蝶。女人心中升起了侵占的欲望。

风吹过屋顶，发出呜呜的声音。黑暗中，女人伸过一只手来，“你怎么穿着衣服？”

说着话，她就动手替璞脱身上的衣服。璞不愿意让她碰自己，一下缩紧身子。

女人似乎顾及到璞的感受，停下手来。

璞坐了起来，磨磨蹭蹭地脱去麻布上衣。他身上只有这一件，露出光溜溜的上身。他重新躺下来，用麻被裹住自己的身子。

跟部落里的男人相比，身边这个少年更具吸引力。老婆婆佝偻着睡得正香，茅屋里再也没有别人。此时的女人没有任何顾忌，身子里的那个欲望越来越强烈，她不想失去这次机会。

又过了一会儿，她借着给璞掖被子把手伸了过来。璞一动不动，均匀地呼吸着。女人以为他睡着了，胳膊留在他的身上。

璞一下绷紧了身子，女人感到了他的紧张，慢慢把胳膊移开。璞装作翻身，身子往外边靠去。女人跟着往前挪了挪，胸脯贴上璞的后背。

璞呼吸有些困难，但他还是忍着，尽量让女人感觉他已经睡着。

不知什么时候，茅屋外面传来一阵低低的抽泣声。璞心里一惊，已经是午夜，什么人在外面哭泣？他屏住呼吸再听，却又没了动静。璞心想一定是野兽，荒山野岭还真的很不太平。他松弛下来渐渐有了困意。

一会儿，哭声又传进璞的耳朵。一定不是野兽，璞有了紧张感。身边的女人更是怕得不行，一下把璞抱住。璞立刻被一种沉重的羞涩缠住，脸一阵阵地发热。

茅屋外的声音越来越近，像是一个女人对着谁在哭诉自己的不幸。惊恐完全取代了害羞，璞一下坐了起来。

女人一怔，以为璞有了反感，也跟着坐起来，小声说："我害怕……"

璞没有回答她，仔细判断哭声的方向。女人明白璞正在做什么，拉着他的胳膊说："别听了，隔些日子就有这种声音，一会儿就没了。"

璞推开她的手，爬到墙边摸到一个小窗口。睁眼向外望去，什么都看不见，声音不在这边。他又爬到茅屋门口，那声音已经远去了。

他既想回自己原来躺着的地方，又不想，便坐在墙边犹豫。

女人那边很安静，但她没有睡着，正盼着璞回来。

璞很纠结，想让自己静下来，但非常困难。

女人心里明白，这是个稚嫩的少年，天凿未开。她心中涌过一丝失落。

她坐起来，拉了璞一把，"小弟，过来睡吧！明天帮我去收稷。"

璞没有说话，在她的身边躺了下来。

璞留了下来，答应和女人一起去收稷。

早晨，女人又在茅屋外面给部落里的人做吃的，璞蹲在瓦罐下烧火。慵懒的男人女人陆续走出他们的茅屋。

昨天傍晚和女人在这儿做饭的那个男人来到璞的身边，居高临下地打量着——

脚下的这个少年看上去有些偏瘦，一点儿也不健壮。也许是太阳晒得少的缘故，皮肤还很白嫩，不过唇上隐约可见的细须标志着他的发育几近成熟。

璞抬头去看他，却被他看得有些窘，立刻垂下头去看瓦罐下面的火苗。

在男人眼里，十三四岁的年龄对女人应该不算陌生了。在女人屋里已经住了一个晚上，他的眼神咋还和昨天一样单纯？

他又去看女人。女人握着一只木勺在瓦罐里搅动着，不知道男人在看她，对身边发生的事情毫不在意。

男人蹲下来，小声问女人：“他……怎么样？”

女人停住，看着男人，“什么怎样？”

男人有些着急，“就是他……”

女人看着他，问：“他怎么了？”

男人将话题岔开，“他能留下来吗？”

女人告诉他，“我不知道。”

男人仿佛在心里做了一个什么决断，对女人说：“你一定得把他给留下……”

女人像是没听见他的话，继续做自己手里的活儿。

璞脸上一阵发烧，他们的话越来越让他感到不自在，但很快他就使自己镇定下来，反正自己也不会在这里留多久。

女人完全明白男人的心思，部落里的女人已经很难生出孩子，即使能生出孩子想把他们养大也很艰难，璞已经长大而且是个能够干活的孩子。

早饭后，除了年老的婆婆，整个部落里的人陆陆续续都到田里去了。女人说今天要去一个很远的地方，要璞跟着她。璞知道女人胆子小，便答应了。两人在荒野里走了一个时辰，才到了那块叫田的地方。

女人告诉璞稷长什么样子。璞认真地听着，随后两人走进田里。稷在蒿草下面零零星星地生长着，需要弯下腰才能找到。不一会儿两人就谁也看不见谁了。已经是秋天，稷透着成熟的黄色，许多小鸟都愿意在这片田里啄食。

璞收的稷已经装满半个口袋，抬起头去寻找女人。远远的，蒿草丛里只能望见她肩上的长发。他不再担心两人会走失，又专心致志地寻找成熟的稷。

女人发现一种黑色的豆，她无法判断能不能食用，直起腰来寻找璞。

璞弯着腰，荒草丛中很难发现他的身影。

女人呼唤着他。

璞一边答应一边向她挥手。

两人又凑到了一起。璞告诉女人他在金水池见过这种豆子，是可以吃的。

女人十分欢喜，这个上午她一边收稷一边寻找璞说的这种能吃的豆子。

直到午后，他们才将两个麻袋子装满。在回去的路上，璞又问起昨夜茅屋外面的事情。

女人站住，将麻袋子放在地上，坐了下来。

璞站着看着她，等她说下去。

女人眼睛看着远处。

这时，天色又有些暗了，还刮起了风。女人的头发被风刮乱了，她不去用手抚好，任由它在风中舞弄。

璞的目光留在她的衣服上，她穿的衣服很粗糙，有些地方甚至露着肌肤，璞想：她是个好女人，男人们为何都不喜欢她?

璞在她面前坐了下来。女人直眼看着璞。

她开始说了——

女人还有一个姐姐。有一个冬天，姐姐得了一场大病，几天不吃东西，躺在干草铺上哀婉地哭泣。她去附近的河里捉了一条带花纹的鱼煮了给姐姐吃。没想到姐姐吃了以后显得十分痛苦，没过一会儿就死去了。后来她听说姐姐吃的是有毒的鱼，她十分伤心，感觉是自己害死了姐姐。几年过去了，尽管她和姐姐已经是两个世界的人，可姐姐凄哀的泣声似乎常常在她耳边萦绕。后来，夜里她经常听见茅屋外面一个女人在哭泣，部落里的人都说那是她姐姐的冤魂回来了。

姐姐就埋在离部落不远的地方，很多年她都不敢到姐姐的坟上去。每当夜晚来临的时候，她心中的恐惧和悲伤就一波一波地汹涌起来。她躲在漆黑的茅屋里，身边只有一个耳聋的祖母。她想念姐姐又不敢去想姐姐，总觉得姐姐随时会出现在自己身后，甚至大白天面对寂寞的荒野她也会产生一种莫名的恐惧。部落里的人开始冷落她，她越发感到痛苦。

她想得到男人的呵护，希望在男人的臂膊里进入轻盈的梦境。然而那只是她的一厢情愿，部落里的女人个个比她漂亮丰满，男人们不愿意接近她，甚至懒得看她一眼，说她那干瘪的身子一辈子都生不出孩子来。她越来越孤独，刻意地躲避男人，男人们也彻底远离了她。

女人站了起来，对着远处深深地吐了一口气，像是要吐出胸中多年的压抑。

璞也站了起来，他不知道该说什么，两人都不讲话。

过了一会儿，女人说：“小弟，你能留下来吗？我没别的意思，只是想让你留在我的身边，每天能看见你就行。”她看着璞，像是等待他的回答。

见璞没反应，女人又说：“部落里那几个女人都比我好看，你想了就去找她们。”

璞一下红了脸，说不出一句话来。但他心里很清楚，必须马上离开这里。

想到离开他又有了不安，昨夜茅屋外的哭泣声着实恐怖，难道真是女人姐姐的冤魂在哭，或许……

自己能帮她做点什么？直到这时璞才开始怀疑起自己的能力来。

他决定自己还要在这里住上一晚。

和昨天夜里一样，茅屋里只有璞、女人和女人的祖母。

璞躺在干草铺上，静静地听着茅屋外面的动静。女人碰了碰他，“小弟，睡了吗？”

“还没……”

“你在想什么？”

“我在想还会不会再有昨夜那样的声音。”

女人往璞这边凑了凑，说：“睡吧！别去想了。”

璞没有回答她，生怕她再弄出什么事情来。

沉默了片刻，女人还是忍不住，伸手将璞抓住。

“小弟！我好喜欢你。”

璞没说话，女人知道他没有睡着。

“小弟！你要是喜欢我，就让我把身子交给你吧！”

璞心中升起一股怜悯：可怜的女人，竟然到了主动哀求一个少年的地步。心里这样想，他却仍旧不敢作声。

女人不管璞乐意不乐意，揭开他身上的麻被，一只手放在璞的前胸上，轻轻抚摸着。

璞被她弄得喘不过气来，心跳到了嗓子眼儿。

女人见他没有拒绝，一下把他揽进怀里。璞紧咬下唇，整个人的意识全是疼痛。

无人惊扰的夜晚，女人在璞的身上找回了自我。她喘息着，好半天才平静下来。

璞如释重负，终于哼出了声。原来他咬破了下唇，钻心地疼。

女人捧起璞的脸问他怎么了？璞没说话闭眼躺着。女人见他实在好对付便没了顾忌，瘦削的脸颊伏在璞的胸脯上，双臂紧紧将他缠住，将自己多年的压抑全都释放出来。

天刚亮璞就起来了。他先在茅屋的门口站了一会儿，又来到煮饭的瓦罐前。他捧起炭灰围着茅屋撒了一个大大的圆圈。

璞回到屋里的时候女人还没有起来。一夜没有睡好，女人脸上明显带着疲倦。璞告诉女人他一会儿就要离开。女人看着他，神情有些黯然。半天，她站起来，从靠墙的柳条筐里拿出一双鞋子递给璞。

女人说这是她用麻线编成的，比璞脚上穿的那双草鞋要结实得多。

璞从她手里接过鞋子，心中升起一种感激。他看着女人，说："我已经用炭灰把屋子围起来了，或许夜里就不会有那种声音了。"

女人看着璞，说："吃了饭再走吧!"

璞说："不用了，我这就走。"

女人说："让我送送你吧!"她看着璞，心中涌起一股酸楚。

璞将鞋子揣好，转身出门。女人跟在他的身后。

两人来到外面，太阳刚好从东方升起，是一个好天气。

女人一边走一边对璞说："什么时候回来别忘了到我这里。"

璞眼里带着温情，说："我记住了。"

走出部落，他们来到一条小路上。分手的时候，女人忍不住哭出声来，她蹲在地上，"小弟！我们还能见面吗?"

璞也有些伤感，说："会的！我很快就会回来的。"

女人听了止住哭泣，站起身，"小弟！走吧！不耽误你了。"

璞冲她笑笑，"回去吧!"说完，转身往前走去。走出一段路，璞又回头去看那女人。

女人仍旧站在那里。

璞心里一阵发空，"可怜的女人。"

这一去他们再也没有见面。

第二章 大峡谷（一）

一

璞是个羞怯的少年，对于女人的认识大概就是从昨天夜里开始的。被女人束缚的那一刻，紧张和害羞快要使他窒息，然而女人的身子像是有无边的魔法，很快他就喜欢上了女人身上的味道。女人随后对他的亲近和爱抚又让他激动不已，被动地投入到那份他不熟悉的劳作所产生的愉悦中去了。

但璞对女人的印象还是定格在了荒野上风舞弄她长发的一瞬，一想起粗麻衣下那个骨感的躯体和那双带着期盼的眼神，璞心中就会升起一种怜悯。

但他很快就摆脱了这种意境。因为他要到乐山去，那里有仙子瑶。

一道山梁横在了璞的眼前，从早上开始，他就一直看着它行走，直到太阳偏西他才来到山脚下。璞听说山后有一道很长的峡谷，走出去要花很多时间。

他沿着山口一直前行，黄昏时分才来到谷底。没有奇峰危岩，崖壁也不算太高，葱茏的草木下一条溪流哗啦哗啦地流过。璞站在溪水边判断着自己该往哪个方向走才能尽快走出谷底。

不知出自何种判断，璞顺着水流一直往北走去。天完全黑了下来，璞还是没有找到出去的山口。

也许今夜就要在谷底住下了。

璞看着崖壁，一边走一边寻找能够栖身的地方。山谷里冷森得可怕，突兀的岩石成了一堆一堆的黑影，幽暗的荆棘彰显着夜的深沉。这样的夜晚多少会让人感到孤独。

已经是午夜，月亮在正南的天空上露着大半个脸。璞被一种幻想牵系着觉得自己不应该再这样走下去，不管在什么地方，应该马上将自己隐藏起来。

他在一处宽敞的、柔嫩的草地上躺下来，看着天上那半个寂寥的冷月。

峡谷十分寂静，静得让人有些害怕。舍弃了筱园，躺在远离人烟的荒野，璞感觉像是一场虚幻的梦。茶山上，瑶细眯着眼睛、宽大袖口的形象又出现在他眼前：他把一朵小花插在瑶的鬓角，瑶眼里闪过喜悦的光芒。瑶转过身冲他轻轻地摇动着手臂，风舞动着她宽大的衣袖就像美丽的蝴蝶翅膀……

记得也是在这样的夜里，坐在金水池边的巨石上，虬松垂着长须伫立在身旁，萤火虫一明一灭在眼前飞舞，湖中不时会有鱼儿跃起搅动水花，一道银汉划过苍穹昭示着季节的转换……

依稀是在梦境，依稀又似昨天。

红颜年少，烂漫童心，朝朝暮暮。只为一个人。

星月满天，寂寞旅途，一路走来没有一个同行的人。凄寒

的夜风，侵凌的湿露，真的使人烦恼。还好，刚走进谷底的时候他看见几棵梨树，随手揪下几个山梨吃，此时他并不感到饿。

璞侧身枕着胳膊，在秋虫凄凄哀哀的清唱中进入了梦乡。

这块草地旁边不远的地方生长着十二株百合，那是十二位仙子的化身。因为人间没有百合，玉花娘娘从天河边找来十二位百合仙子，要她们到人间传播百合花的种子。

百合仙子们来到人间已经一百多个日夜，如今花期已过，再有几天她们就会留下花的种子重返天上。然而百合仙子们的灾难也即将到来。

蚑和蟜觊觎百合花的种子已经不是一天两天了。这两条千年毒虫苦于没有翅膀只能在地上爬行。峡谷里一下化生出十几株百合让它们欣喜若狂，它们知道仙子们留下的百合花种子有着神奇的灵性，食用几百粒就足以使它们摆脱笨拙的身躯，生出美丽的翅膀在天空中自由飞翔。

蚑和蟜有些急不可耐，每隔几天就要到生长着百合的地里转一转，心里一遍遍地计算着百合种子成熟的日期。

蚑甚至想吃掉百合的花蕾，但还是被蟜制止了。蟜说蚑那样做会坏了它们的大事。不过两个毒虫经过商量还是决定搬一次家，到百合花附近的地方去住，先霸占这片土地。这样不但可以时时监视百合的生长，还可以把随后到来的毒虫撵走。

蟜和蚑一致对外——这是它们的领地。

它们的确是这样做的。一条一条的虫子爬上这片草地，蚑和蟜一一把它们赶走。然而这些同类们却不打算放弃。

随着时间的推移，同类们的耐性也越来越差。它们聚集在一起疯狂扑来，草地上涌起黑褐色的虫浪。

百合仙子个个心惊肉跳。

蚑和蟜红了眼，一场杀戮在百合的四周展开。草地沸腾了，同类在蚑和蟜的利嘴下痛苦地翻滚死去。

尸横遍野。

百合仙子们十分不忍，全都躲藏起来。

“吆——吆——”

蚑和蟜交替叫着，声音传向四面八方。

同类们承认了失败，从此销声匿迹。

百合仙子们一开始就知道她们陷入了一种危险境地。然而她们很无奈，落地生根已经别无选择，只能接受命运的安排。

仙子们并非束手待毙，她们不停地寻找。寻找能够将两条或者说所有毒虫驱走的人，哪怕是一个普通的生灵。百合种子的成熟日益临近，她们越来越担忧。蚑和蟜不分白天黑夜地守在这里，离她们也越来越近，绿衣百合甚至看清了蚑脸上那对贪婪的小眼睛。

百合仙子们一直在努力，不放弃任何一个拯救自己的机会。今天傍晚百合仙子们又在山谷里寻找目标。

璞刚走进峡谷的时候，黄衣百合就感觉到了今晚的不同寻常。她爬上崖壁，望见远方一个少年正站在谷底徘徊，她挥起袖子召唤璞往她这里看。红衣百合、紫衣百合见她站在高处挥舞衣袖，知道一定有了要紧的事情，她俩紧跟其后攀到高处一起向璞挥舞衣袖。璞立刻有了感应，一路向北朝她们这边走

来。百合仙子们欢欣鼓舞，聚在一起等候璞的到来。

三个时辰之后璞来到这里，但他丝毫没有停下来的意思。前面就是山口，绿衣仙子急了，上前拉住璞的衣衫，她不能就这样与他擦肩而过。其他两位仙子迎面挡住璞的去路，不住地央求他千万不要再往前走了，璞终于停了下来。

璞睡着的时候，十二位百合仙子围坐在他的身边，一个个地跟璞讲话。她们要求璞在这里留下来，帮助她们完成降临凡间的使命。

恍恍惚惚，感觉很多人在和自己说话，不似梦境，璞一下惊醒坐了起来。他的身边清清楚楚坐着十二个仙子。

绿衣百合告诉璞，她们生长在天河边上，与璞有过几面之缘。

璞看着绿衣百合，一种似曾相识的感觉从心底升起。他想起自己曾多次从一大片百合花地走过，只是无法判断当初都见过她们中间的哪一位。

绿衣百合说能在这里遇见璞是他们的缘分。

璞十分诧异，“你们为何都在这里?”

绿衣百合把她们的处境完完全全告诉了璞。

璞想了想，答应先留在这里，帮助百合仙子们渡过难关。

十二位百合仙子一齐给璞行礼，璞赶紧起身将她们止住。

水一样的时间在不知不觉中流走了，东方已经发白。

紫衣百合看了看天，对璞说：“天快要亮了，我们不能再这样现着身形与你说话，就此作别。”

璞冲她笑笑，说：“改日再会。”

百合仙子们隐去身形，各回各的去处。

璞站起身，仔细察看起这个地方来。

整整一天璞都在做着一件事，给自己建一个草屋。

蚑和蟜远远地看着，弄不清这个陌生人要在这里干什么。它的邻居蛛爬过来把昨晚看见的事情跟蚑和蟜说了一遍。

蟜沉下脸来一言不发。蚑对蛛的话半信半疑，反反复复问了许多遍，蛛每说一遍都和上一次有些出入。

蟜没心思听，转身往回爬去。

路上，蟜看见一棵苦楝树，悄悄爬了上去。

那边蚑和蛛仍然在争论。蛛显得很不耐烦，最后蛛说它只是在峡谷里看见璞和几个百合仙子，至于他们在干什么它也不知道。

蟜心事重重，不管璞与百合们有没有关系，他在这个地方住下就不是一件好事情。再有几天就可以取食百合花的种子，这时偏偏来了个不速之客。

退一步说，璞即使不去管百合仙子的事，自己像蛇一样粗的身子无论爬到哪里被他看见都是一场灾难……

蟜伸出头，四下张望。它隐约感觉到遥远的天边有云彩正在聚集，一两天后可能就要有雨了。

它慢慢有了主意。

这边，蚑仍对蛛纠缠不休。蛛却不想搭理它，自己爬回草丛，很快就没了踪影。

蚑并不死心，又到别处去打听消息。

晚上，蚑来找蟜，给它带来新的消息——百合仙子们与璞谁也不认识谁，璞来到这里只是想开垦一片荒地。

蟜撇着嘴，讥笑蚑，“谁都不认识谁？我看你是白活了一千年，竟然看不出他是从什么地方来的？”

蚑辩解说：“反正他和百合仙子没有什么关系。”

蟜问：“那他要住在这儿干什么？”

蚑说：“八成是想占这块地，明年好在这儿开荒。”

蟜说：“要开荒哪里没有地？偏偏跑来这里？再说他就是真的开荒只需明年春天在地里放上一把火，何必在这里挨饿受冻？看看他那几根枝枝丫丫搭起来的破草窝怎么能过得了冬天？”

蚑恍然大悟，“我怎么没想到呢？”

蟜对自己的判断很得意。

蚑问：“那咱们该咋办？”

蟜说：“你先回去，看着那个璞。弄清他接下来做些什么。”

蚑答应一声就往外爬，可它却又停住，回头对蟜说：“实在不行我们就在地上捡几粒，总比一粒也得不到强。”

蟜说：“捡来那么几粒能有什么用？”

“要不，等到她们把种子撒进土里，我们再一粒一粒地偷走？”蚑又有了主意。

蟜揶揄说：“这种蠢主意只有你能想出来。”

蚑走了，蟜闭上眼睛听着地上的动静。如果自己判断得准确，不出两天就要有一场大雨降落。璞刚来，还摸不清自己的心思，一旦下雨他准会躲在窝棚里，那时自己神不知鬼不觉偷偷将百合花的枝干咬断拖到别处就什么麻烦都省了。不过，这件事只能自己去做。

对！就是蚑也不能让它知道。

第二天傍晚，蚑来找蟜，说璞出了山口，不知从哪儿弄来瓦罐和火种，看样子是真的准备常住下去。

蟜说：“这有啥稀奇，不吃不喝他还不得饿死。”

蚑讨了个没趣，转身要走。

蟜把它叫住，“那些百合有什么动静？”

蚑显得很不高兴，说：“没有。”

蟜说：“可我总觉得他们之间要有什么事情，今儿个天气还算好，你夜里再出去看看，别让他们把咱俩瞒了。”

蚑说：“今天我豁出一宿不睡，也要看它个究竟。”

蟜听他这么说，不禁笑出声来。

蚑从蟜那里出来，直接去了璞的住处。

璞在几块石头上放好瓦罐，开始生火煮饭。下午，璞盖完草屋就出了山口，到附近的部落里要来了瓦罐和一些稷米。

蚑躲在草丛里看着他。

璞一整天都在想着一件事情，究竟两条什么样的毒虫让百合仙子们如此惊慌。听她们的描述，那几乎就是两条光溜溜的大虫子，两条尚未摆脱原形的虫子能有多大本领，璞想不出来。

他努力搜索着过去的记忆，自己从未见过类似这样的精灵。到现在还不知这两条毒虫的来历，甚至是它们的名字。

眼下自己在明处，它们在暗处，自己怎样才能确保百合们不受毒虫的伤害呢？

这个夜晚没有一丝风，天气似乎有些发闷，远处偶尔传来几声狼的嚎叫。璞一直守候在百合仙子的旁边。她们个个感激地看着璞，但璞没让她们走近自己。

蚑从草丛里伸出头来，注视着草地上这个陌生人。璞不知道身边不远处有一双小眼睛盯着他，一个个乱纷纷的念头分散了他的神思，头脑一点也不空灵。这个少年一旦坐下来，神识很快就会进入虚空，察觉到身边发生的任何一件事情，变得干练果断，思路明晰。

夜深了，璞找了一块空地坐下，眯缝着眼睛看着自己的鼻尖。蚑一看这个架势，就知道这个少年有着深厚的功力。它赶紧躲得远远的，接近他那简直就是祸从天降。

蚑跑开了，却又有些后悔。想回来，又不敢。难道就这么白白放弃一次了解璞的机会？它左右为难。

虚空中，璞又看见了那些百合，月光下非常鲜亮，很远很远都能看得见。

蚑也算有了收获，璞确实是来看护百合们的。它还知道，璞不是一个简单的对手。

三

早晨，璞又走出了山口。很快，一个消息就在部落里传开——峡谷里发现了能消灾治病的吉祥草，谁得到了它就能得到神的护佑。

璞并非有意愚弄这些老实的民众。他们心地善良，初次见面就给了璞一些必要的帮助。璞从心底感激他们，但要保护十几株百合，璞有些力不从心。璞心中还有一个想法，百合的种子只有通过他们的手才能获得更有效的保护和传播，靠璞自己是远远不够的。

当天下午就有人走进峡谷寻找吉祥草，人们见到璞就问：“知不知道吉祥草在哪里?”

璞说自己住的地方就有吉祥草。

人们迫不及待，要璞赶紧带他们去见这种神奇的草。

璞将他们带到百合跟前，告诉他们这就是吉祥草，它还有一个好听的名字——百合。只要把它的种子撒进地里，明年春天就会有更多的吉祥草生长出来。

人们仔细打量着这种吉祥草，只有十二株，祖祖辈辈都没有人看见过。人们看着璞，恨不得马上就能把它的种子带回去。

璞说吉祥草的种子很容易被风吹走，一刻也离不开照看，不管黑夜白天这里只有他一个人。

听他这么说，人们都要留下来一起看护这十几株吉祥草。他们都害怕得不到吉祥草的种子。

璞说这些吉祥草的种子归大家所有，人们这才放下心来。

蚑从草丛里伸出头来，死死盯着他们。

此时没有谁比蚑更痛苦的了。是它第一个看见了百合仙子从天而降，随后这里就长出了百合。它把这一重大发现告诉给蟜，蚑明白自己势单力孤，只有靠蟜的帮助才能获得好处，利益均沾。每一株百合都有着非同寻常的灵性，蚑和蟜看得比谁都清楚。眼下来了这么多人守护着百合，恐怕十个蟜也不是他们的对手。

从百合刚长出叶子那一刻，蚑就守候在这里。谁先发现归谁所有，这是规矩，规矩是不能破坏的。一个春雨后的黄昏，它趴在一株百合下面看着百合鲜嫩的枝叶，涌起一股难以遏制的食欲。若不是蟜的阻挠，百合恐怕连一片叶子都不会剩下，它更不会有今天这样的烦恼。

人们兴高采烈，砍树的砍树，拔草的拔草，在吉祥草的旁边盖起了草屋。

蚑看得傻了。别说是百合，就连这块草地（它和蟜自由往来的地方），部落里的人说占就给占了，而且它还得躲得远远的。那些穿着披着麻布条、裹着兽皮的男男女女，一个个春风得意，今天连说话的声调都变了。

“璞，你说吉祥草的种子人人有份，可是真的?”

“真的!”

“那还得几天啊?”

“快了。”

蚑听得很仔细，它一点点地往后退，直到那伙人看不见时，才掉过头一路狂奔。它要将这个坏消息马上告诉蟜。

蟜并不在自己窝里，蚑急得团团转。

蚑长着两只空洞的小眼睛，不管什么东西在它眼前经过，一般它都不会留有记忆。只要吃饱，蚑就将身子缩成一团，躲进草丛或爬上树干睡大觉。

蟜瞧不起这个同类，但这条峡谷还真找不出第二个像蚑这样的千年毒虫来。

蚑无朋无友又缺少主见，无论遇到什么事都要向蟜请教。蟜虽然不愿搭理它，但还是得给它出个主意。

一次，蚑看上了一处岩洞，想把家搬到那里。蚑选的新窝是这条峡谷最窄最低的地方，紧挨着山口。蚑找到蟜让它帮忙看看新居合不合适。蟜嘿嘿一乐，说蚑是不想活了。那地方人来人往，每块岩石、每棵树木甚至每棵蒿草都一目了然。蚑看上的岩洞就在人们的眼皮底下，洞口随便塞上一块石头就能把它活活憋死。再说一旦山洪暴发，也得把它淹死。

蚑听得心惊肉跳，打消了搬家的念头。

这个愚蠢的家伙有时也爱冒险。一个夏天，蚑在一棵大树底下乘凉，看见了乌鸦在树冠上面的巢，便动了心思。蚑趁乌鸦不在时悄悄爬了上去。没想到刚刚把头伸进巢里，乌鸦就飞回来了。地上的同类们一个个伸长脖子发出咝咝声向它报警。蚑不知道危险来自哪里，探头往树下看，地上同类们一对对亮闪闪的小眼睛焦急地望着它。就在这时乌鸦向它发起了攻击，蚑的尾被乌鸦啄破了，疼痛难忍的它一下跌落在地。同类们嘲笑它不知深浅，险些丢了性命。

蚑好没面子，爬回窝里，好多天不敢出来。

蟜知道后来看它，还给它带来了疗伤的草药。蚑感动得哭出声来。

蚑在蟜的窝里等了一会儿，蟜还是没有回来。蚑垂头丧气地往回赶，半路上又遇见了蛛。

蛛正在树上修补自己的网，蚑在地上望着它。蛛假装没看见，仍旧忙自己的活计。

“蛛！”蚑终于耐不住叫出声来。

蛛带看不看地瞄了它一眼，“叫我做啥？”

蚑赔着笑，说：“看见蟜了没？”

蛛哼了声，“问谁呢？没看见我忙着呢吗？”

蚑：“我找蟜有急事！”

蛛：“我眼瞎，没看见。”

蚑盯着蛛，喃喃自语：“八只眼睛，没一个管用的。”

蛛见它还不走开，说：“天要下雨了，还不赶紧回去把你的窝修一修，等着大水把你给冲走啊？”

蚑抬头看了看天，湿气越来越重。它转过身朝自己窝的方向爬去。

它的背后传来蟜的喘气声。

蚑回头一看立刻来了脾气，冲着蟜大声地叫：“哪儿都找不到你，你死哪儿去了？”

蟜碰了碰它，示意它找个地方说话。蚑跟着它来到隐蔽处，蟜说出一个主意，蚑听得心惊肉跳。

这个夜晚，大雨如约而至。蟜躲在自己窝里盘算着蚑今天夜里的行动。如果一切顺利，蚑这时早就出门了。

蟜舒展一下身子，做好出门前的准备。

就在这时候，蚑已经爬到部落。它选中一个茅屋，爬上小窗口向里面看去，屋里的人全都睡着，蚑慢慢钻了进去。

很快它就找到了盛水的瓦罐。蚑再回头看看这些睡熟的人，一头扎了进去。

蟜拱开封门土就感到了艰难，风夹杂着雨点打在肉乎乎的身上，凉凉的，蟜浑身一紧，但它还是坚持着向前爬去。它没有在这么大的雨天出来的经历。

靠近璞的茅草屋时，蟜停了下来。风雨中虽然看不清百合那边有没有人，但蟜还是能分辨出哪里有人的气息。

这样的天气似乎没有人守在外面，部落里的人全都倒在茅草屋里，在沙沙的雨声中慢慢进入梦乡。

璞一点都不敢怠慢，一个人坐在茅草屋里凝神敛气，感应着外面的一切。

他察觉到了异常，一个精灵正在附近徘徊。璞不动，让自己继续入静。他看见了，一条毒虫向百合花爬去，璞甚至看到了百合仙子们在向他求救……

璞迅速使自己还转过来，奔出茅屋向百合那边冲去。他的脚步声盖过了风雨声，蟜知道保命要紧，掉头就往回跑。

璞不去追赶，他知道那是一条千年毒虫，自己不能轻易置它于死地。

蚑又爬进一座茅屋，它没找到盛水的瓦罐，在靠墙壁的地方发现了一口大瓮。蚑艰难地爬了上去，没等看清瓮里面到底有没有水，蚑身子一歪掉进了瓮里。

这是一口空着的瓮，从瓮底到瓮口相当于大半个人的身高。蚑十分恐惧，慌忙向上爬去。瓮的内壁十分光滑，蚑绷紧身子几十条腿同时用力，向上爬了两步……往上就是瓮的收口，只要爬过这一小段极艰难的距离，蚑就可以获得重生。

蚑倒悬在瓮光滑的内壁上，就像一个攀岩的人要面对头顶上方那块突兀的岩石。

筋疲力尽，它又掉进瓮底。反复几次后，蚑绝望了，趴在瓮底大口大口地喘气。

天快亮了，它还是无法从瓮里爬出去。

蚑开始叫屈，是蟜给它出了这么个愚蠢的主意。

第二天清早，茅屋里的女人发现了瓮里的蚑，她被吓得半

死。男人们赶来，看见蚑獕在瓮底，两只小眼睛放着绝望的光。没有人敢去碰它。过了一会儿，一个男人端着一盆烧得通红的炭火来到瓮前，他低头向瓮里面望了望，然后将炭火全都扣了进去，女人赶紧过来，在瓮口压上一块青石板。

有人说杀死的是一条毒虫；也有人说杀死的是一条神虫，部落里的人马上就会遭殃。

上午，天已经放晴，有人跑到峡谷里告诉璞，部落那边杀死一条奇怪的虫，是一条从没见过的大虫子。人们很是担心，怕有什么灾祸发生，接着又有人来说部落里有十几个人得了怪病。璞问是什么怪病，来人说他也弄不清。

璞知道麻烦来了。他留下几个人守护吉祥草，自己去部落看看究竟发生了什么。

用炭火烧死虫子的男人蹲在地上懊悔不已，说他给部落带来了灾难。女人惊恐地瞪着大眼睛，不知所措。有人说这可能是灾难的开始，接下来不知还会发生什么。有人说必须得狠狠责罚他们两个，整个部落才能平安，还有人开始准备祭奠神虫的东西。

直到这时女人才真正意识到自己面临的凶险。环顾四周，一双双怨恨的眼睛都在看着她。女人一下子哭泣起来，幽幽的、怨怨的，十分哀伤。但就是没人同情她。

璞来了，听到的是那些男人们对女人的呵斥。

看见璞，女人的哭声大了起来。

璞叫大伙儿冷静下来，或许那条虫子才是真正的元凶。人们半信半疑，问璞是怎么知道的?

首领问璞：“一条虫子怎么会让十几个人一起得病?”

璞说他先要看看那些得了怪病的人。首领同意了，跟着璞走进茅屋。无论是老人还是小孩，都是一个样子，倒在地上翻着白眼不省人事。有人告诉首领，所有得病的人今早起来都喝过昨夜瓦罐里的水。而没吃没喝的人全都安然无恙。

璞告诉大家，他们全都中了虫毒，幸亏虫已经被杀死，否则它还会再来这里下毒，人们还会得这样的怪病。

首领相信璞的判断，但她不知怎样能解救那十几个中毒的人，心急如焚。

璞说他会想办法施救。首领说既然峡谷里的吉祥草能消灾治病，是不是拿来试一试。

璞告诉她吉祥草的种子还没有成熟，他有办法解救中毒的人，说完匆匆返回峡谷。

首领忧心忡忡，只能劝大伙儿耐心等待，看璞用什么办法救人。

璞回到峡谷，立刻来到百合旁边。他叫部落的人暂时离开不要打扰他，自己要在这里寻找救人的办法。璞在一株百合前坐下，让自己的意识尽快进入虚空。

百合仙子们早已知道发生了什么，告诉璞现在唯一的施救办法就是从她们的身上切下一些鳞片来，用它给病人解毒。尽管这对她们自己是一种伤害，但这是目前唯一的办法。

璞知道百合仙子们这是尽了最大的努力，但他还是觉得有些不忍。

仙子们告诉璞，她们现在就从百合的身上离开，其余的全得靠璞自己来做。

璞看了看四周，只有他一个人。璞定了定神，用手扒开一株百合下面的泥土。他找到百合的鳞片小心翼翼地掰下一小块。

接着他又去扒另一株百合下面的泥土……

璞将十几片百合的鳞片装进瓦罐，然后直奔部落。

人们焦躁不安，说璞是不是没有办法救人自己溜掉了。首领比谁都急，可看上去她还是那么气定神闲。其实她除了依靠璞，什么办法都没有。

璞来了，带来了救命的仙药，稍可安慰的是那些病人现在还全都活着。首领好奇，非要看看璞瓦罐里装的是什么东西。

璞从瓦罐里掏出几块白色的鳞片，说这些就是救人的药。

首领有些疑惑，那些像小蒜一样的东西真的能将他们救活？

璞亲自将百合的鳞片放在石臼里捣烂，然后叫人挨个儿给那些病人灌下去。不到半个时辰，十几个得了怪病的人全都清醒了过来。

首领问璞那些像小蒜的东西是从哪里弄来的，璞一时不知如何回答。首领看着璞，目光中透着深深的企盼。她担心的是璞一旦离开，部落里再发生这样的事情怎么办。

璞真的很为难，他无法跟他们说那是从仙子们身上挖下来的。他告诉首领，这些白色的像小蒜一样的东西是他从远处带来的。

首领今天特别执着，非要璞说出那些白色的小蒜是什么。

璞告诉她，那是一种花草的嫩芽，是他从很遥远的地方偶然发现的，这里根本找不到，听了这话首领显得很失落。

人们不再追问，越发相信璞，还有峡谷里的吉祥草。

这个夜晚，部落里的人都没有睡。他们害怕昨夜那样的毒虫还会钻进茅屋，一个个瞪大眼睛听着外面的动静。那个用炭火烧死虫子的男人更加慌张，生怕自己遭到毒虫的报复。

峡谷中，人们燃起篝火守护着吉祥草。

璞坐在草屋中并不真正放心，他判断这附近还有一只毒虫，而且离自己越来越近。璞端坐，眼睛眯缝着，虚虚地看着门口。

很快就有了感应，毒虫来了。璞想让自己静下来，可怎么也收不拢，脑袋里像是塞满了东西，不比往日空灵。他努力压下那些乱纷纷的念头，准备与毒虫对话。

蟜在璞的门前停住，叫了声："璞，醒醒。"

璞听见，"你是谁?"

蟜："你的对头，蟜。"

璞："幸会！有何赐教?"

蟜："不敢当，今夜有暇，与你说说话。"

璞："请讲。"

蟜看着屋门，摇头一叹，"璞，我苦苦守着百合，很快就可以得到花的种子，是你断送了我的前程。"

璞说："百合原本就不属于你，如果说断送，也是断送了你的非分之想。你既活了千年，就该守些规矩。"

蟜说："你一个在册之人都不守规矩，倒教训起我来。"

璞沉吟不语。

蟜说：“你未来此地之前与妇人缠绵，今日又打诳语，犯了天上第三、第四两条戒律。你的文案上已经有了两个灰点，还跟我谈什么规矩？”

璞脸上一阵发热，还是不知如何应对。

蟜接着说：“你的事与我无关，你坏了我的事情总得有个说法。”

璞稳了稳心神，问：“你到底什么意思？”

蟜说：“要你给我留下一点百合的种子。”

璞说：“今年不行，明年可以。”

蟜说：“明年？那不是仙子身上的东西，要它何用？”

璞说：“真的无能为力。”

蟜说：“算我白来一次。”蟜说完，冲着草屋里使劲儿张了张嘴，转身走了。

璞既难堪又懊恼，半天抬不起头来。他还不知道蟜已经吸去了他一大部分灵气，他的空灵现在已经打了折扣，他失去的功力在后来的日子里慢慢就会显露出来。

蟜觉得很委屈。这个夏天它保护了百合仙子，而且得罪了（应该说杀死）那么多同类，结果却是一无所获。蟜嫉恨璞，然而它能做的就是每天不停地诅咒，让璞早点倒霉。

几天后，百合仙子们重返天上，璞也离开了。部落里的人将百合的种子撒在平原和峡谷里，从此这地方叫作百合谷。

蟜当夜就爬进一处溪流，把从璞那里吸来的灵气吐进水中，任由它随着溪水慢慢流去。那是别人的东西，对它来说一点用处都没有。

五

全妞蹲在金水池边，看着水面映着自己那张细腻白皙的脸。她每天清早都要来这里捧起清凉的湖水洗一次脸，然后甩去手上的水珠，梳理一下头发，觉得自己的心都是湿润的。当年她就是因为好奇从这里爬进水中变成了一个清丽女子，后来她的脸又因为湖水的滋润变得更加活泛靓丽。

蜈家四兄弟趴在巨石上偷偷看着全妞，他们没有全妞那么幸运。

全妞是在金水池里变成少女的，一开始蜈家四兄弟并不相信那是真的。当认出全妞就是那只蝎之后，蜈家四兄弟跃跃欲试，他们全都幻想自己也能来一次脱胎换骨的变化。不过这四兄弟天生对水恐惧，谁也不想先去冒险。

亮出了个主意，在同族中找一位下水去试试。明、和、宝立刻去竹林里寻找。很快，一个刚几岁大、光着身子的同宗晚辈牵着明、和、宝的破麻服来到巨石旁。亮坐在巨石上看着他们几个在湖岸上玩耍，明、和、宝慢慢把那位晚辈引到水边，和在背后用力将那位晚辈推进湖水里。

那位晚辈一边挣扎一边呼救，明、和、宝跑开了，和躲到了巨石后面。亮站在巨石顶上看着这位晚辈在水里翻腾，不一会儿那位晚辈就沉入水底。明、宝、和跑了回来，伸长脖子看着水面，期待着奇迹的发生。

到了夜晚，那位晚辈还是没有回来，蜈家四兄弟觉得事情有些不妙。第二天，他们又去水面查看，那位晚辈已经浮了上

来，但他已经被蟒吃掉了半个身子。

从那以后他们再也不打水中的主意，只在离水边很远的地方玩耍，甚至见到风都会躲起来，生怕被刮进水里。

全姐一边洗脸，一边想着自己的心事。

今天天气不错，无风无浪，金水池一如既往地平静。这样的平静却让全姐感到烦恼。此刻她倒期望能刮起一场大风，湖面掀起一场巨浪，风使劲儿厮磨她的躯体，让她站不稳、睁不开眼，甚至透不过一口气来。

真是那样的话她倒觉得好一些。

璞离开金水池已经半个月了，这一路要经过一条峡谷，还有一条大河……

想到前边那条峡谷，全姐就像被什么沉重的东西压迫着，气也有些喘不过来。她后悔自己没跟他一起去，哪怕把他送过那条峡谷。

全姐的担心不是没有道理。她知道那条峡谷阴浓萧森，邪魅踟蹰，孤魂趑趄，又有数不清的虎豹豺狼。璞一个人走在狭长幽暗的谷底，迷离恍惚如同一个被丢进祭坑里的幼儿。她对璞的出行越来越感到恐慌。

她想去追赶璞，让他回到自己的身边，仅从时间上看这已经完全没有可能。何况璞是为寻找瑶才去的，没有谁能把他留下来。

想到瑶，全姐又起了另一种情愫。她是一个仙子，仙子是什么样子的？是一个弱不禁风的女子，还是一个健硕的村姑？要不就像自己现在这个样子？又好像都不是。

正是因为有了瑶，璞才苦苦地等待，现在又苦苦地去寻找。这里是留不住他的。

而自己只是一只蝎，一个少年怎么会喜欢上一只蝎呢？

唉！由他去吧！

自从璞住进山洞那天起，全姐就知道他总有一天会离开。她不敢让璞发现自己，璞如果知道他每日每夜都和一只蝎住在一起，马上就会从山洞里搬走。即使璞认为全姐是一个普通的人间女子，那也会瞧不起她。

结果实在是太糟了。如今山洞里又住进了一个男人——飏，全姐更是不能让他发现自己 。

巨石顶上一溜四个红黑的脑袋，脖子伸得老长。全姐知道他们正在看自己。

这四个顽皮的家伙倒是可以利用一下。

全姐突然喝了一声："打什么坏主意，都给我下来。"

蜈家四兄弟吓了一跳，全从巨石上滑落下来。

全姐站起，转过身，看着蜈家四兄弟。

蜈家四兄弟和全姐玩起了捉迷藏，一下全不见了。全姐折断一截青蒿拿在手里绕到巨石后面，她弯下腰朝巨石底下的缝隙看，蜈家四兄弟正在往外面瞧。

全姐今天心情有些不顺，用手里的青蒿去扎躲在里面的蜈家四兄弟。蜈家四兄弟往里面躲了躲，又互相瞅了瞅，估摸全姐今天是有什么要紧的事情，便一条一条地爬了出来。

全姐觉得他们今天就像四个贼，或许刚才自己的心思全都给他们知道了。

蜈家四兄弟嬉笑着，问全姐今天为何不高兴，是不是那位新房客有什么不好。全姐告诉他们，再胡说就把他们全都丢进金水池里。

蜈家四兄弟闭上了嘴，看着全姐，像往常一样等待她的吩咐。

全姐问他们多久没去东面那条峡谷了？蜈家四兄弟说记不清了，好像已经很久了。全姐说：“我想带你们出去走走，愿意和我一起去吗？”

亮眼珠转了转，问全姐今天为啥要带他们一起出去玩。

全姐说现在秋高气爽，正是出去游玩的季节。

亮知道全姐放不下那个叫璞的人，便说：“全姐是不是想让我们看看璞到了哪里？”

全姐说：“随你怎么想。”

亮说：“若是这样，我们四兄弟替你跑一趟不就行了？”

全姐一笑，算是默认。

蜈家四兄弟说他们即刻动身，一有璞的消息马上就回来。

全姐看着蜈家四兄弟走出山口，瞻念着他们的行程。此后的这些天她哪儿也不去，自己默默地坐在巨石旁看着日影，心在无限的时间中，随着蜈家四兄弟和璞的途程奔驰。

十天以后，蜈家四兄弟回来了，他们带来了璞的消息。

璞平安过了那条峡谷。此前他还在一个部落停留过，好像和一个女人很暧昧。

全姐站在巨石旁，听到后面一句，脸一下子变了颜色。

究竟是一个什么样的女人？璞竟然……

蜈家四兄弟看着全姐，气都不敢喘了。过了一会儿，见全姐没有什么差遣便一起离开了。全姐坐下来，默默地看着湖水，心情慢慢归于平静。

璞也许根本不像他们说的那样。

第三章　胭脂渡（一）

离开金水池只有短短的二十多天，璞就感觉到了尘世间的痛苦与无奈，这是他过去五年一直没体验过的。虽然他对未来可能遇见的困难已经有了心理准备，但现实的境遇还是让他慢下了脚步。

他不停地鼓励自己，只要能找到瑶，再多的辛苦也值得。

想到这些，璞心中反倒轻松了许多。秋日午后晴朗的天幕下，璞的脚步显得很自信。一道道风景掀起了他心海深处久违了的兴致。

午后，璞来到一处山坡前。一位上了年纪的老人坐在松树下，旁边炭窑上冒着淡淡的蓝烟。

璞来到他身旁。

老人闭着眼睛，看上去很疲惫。

“老人家，打扰了，请问前面是什么地方？”

老人抬起眼皮随便答了一声：“胭脂渡。”

璞又问：“那里有没有船？”

老人坐直身子，看着璞，说："年轻人，你是哪里来的?"

璞说："金水池。"

老人又闭上眼睛，不说话。

璞有些失望，转身就要离开。老人将他叫住，"年轻人，胭脂渡去不得。"

璞问："老人家，为何去不得?"

老人却说："你若无处落脚，不如留在我这里一起烧炭，总比流浪好得多。"

璞见老人蓬头垢面，心想我若留下烧炭，早晚也得变成他这个样子，便说："老人家，我要去乐山寻一个人，不能留在你这里。"

老人笑笑，说："那就不强求了。"

璞心里一动，问："老人家你叫什么？日后好再来打扰。"

老人说："没人给我赐名，部落里只有首领才有名字。"

璞问："老人家，我给你一个名字，行吗?"

老人说："也好。"

璞见他满身灰土，便说："老人家，我叫你拥尘。"

老人笑笑，说："活了一辈子，到头来我也有了名字。"但他并没有忘了问璞叫什么，璞把自己的名字告诉了他。

璞告别拥尘，一路向东，不一会儿就到了渡口。眼前一条大河，浩浩荡荡。一条孤零零的独木小船横在岸上，不见船家的身影。

望着茫茫大河，璞眼里一片茫然。路到这里真是到了尽头。

璞回头望去，太阳已经移到天边的树梢上，路两边草木萋萋，寂静中透着一股苍凉。

璞不知道自己该干什么，一个人在岸边踱来踱去。

时间一点一点过去，落日的余晖将大河染成胭脂色，水边的碧草在夕阳的照射下现出迷蒙的绯色。

璞不想再等下去，他沿着岸边往前走，希望能够找到船家。

一箭地后，一条小径斜穿稀疏的树林，荒草荆棘后面有一处圆形茅屋。

璞想："这一定是船家的屋子。"他急忙奔了过去。

屋门紧闭，茅屋四周长满了荒草，看似一个无人居住的屋子。

璞站在原地不知如何是好。

茅屋内发出簌簌声响，璞一下子紧张起来，往后退了几步。

门开了，从里面钻出一个十五六岁的女子。

璞紧张的心一下松弛下来，接着他又有些失落，这里似乎不是船家的住处。

女子直起身，看着面前这个陌生的少年，一时忘了自己出来干什么。

璞仔细打量着女子。她个子不高，却很丰盈，站在自己面前一点儿也不拘束。

女子饶有兴致地看着璞。

璞问女子："你可是船家？"

女子问："你想必是要过河？"

璞说："正是。"

女子接着说："不巧，我父母今日不在家，有船也去不得。"

璞问："令尊令堂去了哪里，几时可回？"

女子回答说："父母昨日离家，未曾说要去何处，也不知几日可回。"

璞说："那……你可会撑船？"

女子说："不会。"

璞失望极了，说："既如此，我回去了。"说完，转身离去。

"等一下。"女子将璞叫住。

璞停下来，转身看着她。

"你是从哪里来？"

"金水池。"

"要去哪里？"

"乐山。"

女子上前几步，说："乐山那里人烟稀少，又有虎狼出没，最好不要去。"

璞不太相信她的话，说："我知道了。"然后便走开。

女子站在那里望着璞，直到他的身影消失在稀疏的树林里。过了好一会儿，女子还是没有回到茅屋里面去。她站在原地默想着："这个少年像是在哪里见过……"一种似曾相识的感觉从她的心底升起。

璞回到河边时，渡口那条小船旁边坐着两个人。一定是船家，璞奔了过去。

果然是船家和渔婆。

船家身旁放着一捆柳条，渔婆坐在一旁看着他编鱼篓。听见脚步声，船家一下住了手，两人一齐看向璞。

璞来到近前，打量着两人。船家脸长口阔，鼻孔外翻，活脱脱一条莽汉；渔婆眼圆牙稀，短矮肥胖，长相倒不难看。

船家坐在地上问："你是从哪儿来的？"

璞说："你可是船家？我从金水池来，想要过河。"

渔婆打量着璞，没说话。

船家见璞两手空空，便说："过河先要付粟米两碗，你可备得？"

璞一时答不上来。

渔婆站了起来，走近璞，问："你叫什么？"

"我叫璞。"璞看着渔婆，有些不解。

渔婆说："刚才可曾见过我女儿？"

璞想了想，说："刚才在茅屋那边见过。"

渔婆不再跟璞说话，转身看着大河，像有什么心事。

船家站起身，对璞说："你身上有什么宝贝？随便留下一样我就渡你过河。"

璞解下胸前的玉坠，说："我身上只有这个东西。"

船家从璞手里接过玉坠，看了看，揣进怀里，"这东西抵得一罐米，就放在我这儿，下回你再拿米来换。要不，你以后过河我就不收你的米。"说完，弯腰就去拉船。

"头儿慢来。"渔婆将船家叫住。

船家直起身，问渔婆："你说什么？"

渔婆说："你忘了，这船底已经破了，渡不得人。"

船家有些不耐烦，说："这船怎么就破了？"

渔婆上前从船家口袋里掏出玉坠，交给璞说：“那船底已经破了，到不了河中心就得沉下去，渡你不得。”

船家瞪眼看着渔婆，一句话也不说。

璞将玉坠重新挂上，说：“婆婆，船几时方能修好？”

渔婆说：“不知啥时才能把它修好。”

璞说：“那我过几日再来。”

渔婆说：“也好。”

璞见渔婆不想让船家渡自己过河，知道再说下去也没用，便离开渡口往回走。

渔婆见璞走远，对船家说：“这个人渡不得。”

船家说：“你总是和我作对。”

渔婆说：“他不是凡间的人。”

船家：“那又如何？”

渔婆看着大河，说：“他是守竹林的一个童子。”

船家：“一个童子有啥了不起的？”

渔婆：“他可是你的灾星。你害不了他。”

船家：“那不正好把他给淹死。”

渔婆：“他在天河边上长大怎么会被凡间之水淹死？那时倒霉的一定是你。”

船家：“你在骗我。”

渔婆：“我没骗你。他还会来的，那时发生什么就不好说了。”

船家听了渔婆这句话，问：“你说咋办？”

渔婆：“最好的办法是带上你的子侄离开这儿。”

船家眼一瞪，“你想赶我走？”

渔婆：“不是我赶你走，是你的劫数到了。”

璞又回到山坡前。

暮色中坡下的松树成了深黛色的影子，不见了拥尘。炭窑也不再往外冒烟，好像已经住了火。拥尘去了哪里？

璞必须得找到他，自己也好有个歇息的地方。他已经饿了一天了。

拥尘的住处一定不会太远，看他怀里的木棍就知道他是个行走困难的老人。

璞沿着山脚下的小路往前走去，穿过一片稀疏的松林，璞看见一处山洞，洞口前的空地上几块石头撑起一个瓦罐，拥尘正坐在地上生火。

“你回来了。”

“回来了。”

璞站在拥尘身边，小心地说：“老人家，天晚了，我没地方去，烦你把我留下。”

“知道你走不了，我就多煮了些饭。”拥尘说。

璞心生感激，蹲下来在瓦罐下面烧火。

拥尘说：“你要是肯留下来，明天我就带你去见首领。首领叫井，是我的晚辈，她喜欢你这么大的人。”

璞说：“老人家，我只想在你这里留几天，等有了船我还是要离开，就别让首领知道我在你这里了。”

“那也行。”说完，拥尘转身走回洞里。不一会儿，他手拿两个陶碗从洞里走了出来。他把两只陶碗放在一块青石板上，坐下说："我这个部落人少，不比那人多的部落，人家能抓得野猪山鸡。首领和大伙儿一样，吃的都是稷和黍，幸亏有麻，还能有油吃。"

拥尘招呼璞坐下，两人一边喝粥一边说话。

"你看见船家了吗？"拥尘问璞。

璞说："看见了，船家说船破了不能过河。"

拥尘说："那是你的幸运，近两三年胭脂渡经常翻船，很少有人活着回来。"

璞想起下午去渡口的经历，问拥尘："我在渡口站了一会儿，河面无风无浪，怎会经常翻船？"

拥尘笑笑，"这我也不知道。"

夜里，璞躺下来。拥尘搬过几块石头将洞口堵住，但又不完全堵死，留下一点可以透气的空隙。

璞问他为什么这样做？

拥尘说夜里山洞外面什么都有，怕有意外不得不这样做。

璞说在金水池即使夜里睡在外面也不会有什么危险，拥尘说以后你就知道了。

一条大河，苍苍茫茫，自西向东从平原上穿过。

大河两岸分散着几十个部落，部落的居民们除了种植谷物还经常下河捕捞。不知从哪天起，大河变得异常乖戾，毫无征兆就会掀起风浪。下河的人经常遭遇不测。

鱼虾越来越少，落水不归的人越来越多。人们扯烂渔网，拆掉木排，不再下河。两岸的部落也中断了往来，因为渡河是一件十分凶险的事。

不久，这里来了一位船家。船家带着渔婆和小女儿在这里设了渡口。船家给这儿起了一个十分好听的名字——胭脂渡。没人知道船家为什么会起这么个名字，或许是由于他们有一个面容姣好的女儿。

船家驾船很有本领，生意却不怎么好，经常有人会因风浪落水，大河从未被驯服。落水的人很少生还，船家却总是安然无恙。

人们有了一种意识，河中一定有神灵。

部落首领从巫祝那里得到答案，人们下河捕捞冒犯了神灵，神灵发怒，在惩罚每一位下河的人。

需要救赎。

经过一通商量，要举行一场盛大的祭拜仪式，部落里所有的人都要带上供品去河边祭拜，祈求神灵宽恕。

不久，祭拜开始，两岸的仪式同时进行。人们光着脚丫在水边一字排开，将手里的米饭馍馍和煮熟的山鸡野兔统统抛进河中……

首领在虔诚地祈祷。

人们静静地望着大河，相信神灵此时正在享用他们带来的这些东西。作为交易，跪着的每一个人都在心里祈盼着未来的平安和收获。

第二天，风平浪静，几个部落的首领叫人驾船试水。船慢慢划向河的中心，岸边的人们个个提心吊胆，心里一遍遍地祈祷神灵开恩。

人们在两岸间往返一趟后上岸，所有的人都松了口气。

从这天起，人们不再惧怕大河，两岸的部落也开始了来往，但有些人仍旧心存疑虑。

过河的人渐渐增多，人们的恐惧在消减。

刚刚享受祭礼的神灵似乎与部落里的人们达成了默契，很长一段日子里一直风平浪静，人们开始准备竹筏和木排下河捕鱼，他们实在舍不得放弃这祖传的营生。

一时间，岸边人头攒动，河上木筏成排。

七八个人挤上一条木排。刚到河中心，狂风大作，汹涌的浪涛瞬间将木排冲散，所有人全都落水。其中一人命大，冲到岸边后被人救起。据他说木排是被一条个头比人大许多的怪物掀翻的，那些人落水后不待挣扎就沉入了水底。

垂头丧气。人们都说水中原本没有神灵，是妖孽在作怪。

没有人再去相信巫祝的话，更没人知道这都是因为渡口有了这户船家的缘故。

船家是条雄性大鳄叫鼍头。渔婆是一只雌龟叫鼋婆，娈女是她的生女。

灾难发生后，鼍头在远处水草中伸出头来，嘴角现出冰冷的笑。

他的子侄们以各种各样的姿势在水下的泥沙里游荡，期待即将开始的饕餮大餐。

鼍头的家在很远处的一处湖泊里。这是个庞大的家族，因为一场变故，鼍头带着自己的子侄顺流而下来到这里。

鼋婆原本居住在天河里，天地河水贯通的时候她跟着娈女来到这条大河。鼋婆性情温厚，到来之日河中水族尊她为祖。娈女聪慧文静喜欢独居，水下岸上很少露面，谁看到她都觉得很新鲜。

大河两岸部落越来越多，频繁的捕捞使水族深受其害，纷纷向鼋婆诉苦。见自己的水族被部落捕食，鼋婆虽然心痛却也无奈，只是叫水族远离岸边，在深处躲避。

鼍头的到来，本已不堪的鼋婆水族一下被逼到了绝境。

无处藏匿，鼋婆的水族惊恐万状。

鼍头的子侄们张开大嘴，一路血色，鼋婆水族遭受灭顶之灾。

鼋婆忍无可忍，上门与鼍头理论。

初来乍到就留下了坏名声，鼍头有些心虚，呵斥自己的族群不许胡来。然而子侄们不受约束，杀戮依旧。

鼋婆忍无可忍，鼍鼋两家一场恶斗，结果两败俱伤。

鼍头也不想继续与鼋婆交恶。鼍鼋两家终于达成妥协：鼍族不再加害水族，鼋婆一族协助鼍头一族以岸上走兽为食。鼍族生性残暴，以食人为快，但凡有人过河，鼍头就兴风作浪，致人落水。

为约束鼍族，鼋婆与鼍头化身渔婆与船家，白天二人以夫妻相称，夜里各回各的居所。鼋婆以为渡口的营生可以帮助鼍族弃恶从善，自己也有机会在这里监视鼍头。谁知鼍头积恶难返，并不悔改。

鼋婆心生退意，想带着娈女离开这个只是名字好听的胭脂渡。急流勇退当然是件容易的事情，但水族们的苦苦哀求让鼋婆改了主意。其实鼋婆也不会一走了之，那样她就等于承认了自己的失败。整个鼍族都会说天河来的也不过如此，这让她颜面尽失而且留下一个笑柄。再说那原本就是她的水域，水族们个个瞪眼看着她。它们称她为祖，需要她的保护，她没有理由离开。

鼋婆没法去找河神说理，因为她私自离开天河本身就坏了规矩。

积怨越来越深，鼋婆只能等待。

璞来了，天河边上这个少年才是鼍头的克星。然而璞只是从这里经过，并没打算留下来。没有十足的把握她是不会轻易出手的。今天在河边她没有让那一幕上演。鼍头和璞鹿死谁手还真不一定，她并不完全了解这个天河少年究竟有多大本领，但鼋婆知道鼍头的麻烦已经开始。只要璞在这里停留一天，就是对鼍头的约束。

璞必须得留在胭脂渡，只有这个少年的纯阳之气才能克制住水下这条阴狠的精邪。

然而这一切并不是鼋婆的初衷，就连娈女都不知道当年母亲为何要跟着她离开天河。

鼍头这几天有点烦，动不动就发脾气，子侄们不知为什么，个个躲着他。

实在躲不开的只得硬着头皮站在他面前，随时听候使唤，大气都不敢喘。胆子稍微大点的凑到他身边，说着一些让他开心的话，鼍头的脸像是要下雨的阴天。

鼍头叫过身边一个年轻的女鼍给他揉捏脚掌。女鼍战战兢兢地过来，一双小手捧起鼍头宽大的脚掌。尽管不情愿，还得小心地伺候。

鼍头微微闭上眼睛，感受着女鼍的柔软与温存，心情逐渐好了起来。

他想起自己住过的那个湖泊。那里水草丰盛，数不清的走兽在岸边居住，它们是鼍家族的美食。大多数走兽都上过鼍的食谱，鼍也从不挑肥拣瘦，碰上谁都是一顿大餐。尽管这些走兽都不想成为鼍的食物，但个个都没能逃过鼍的血盆大口，因为那是鼍的天下。

鼍是那片水域唯一的主宰，还统治着周围很大一片山野。这里的生灵——不管生活在树上还是地上——它们都得接受鼍族的管辖。湖水再多，它们不能随便取得一点，因为这水就是鼍的家，没有鼍的许可想得到一口那也是不行的。

鼍是那片水域，不，还有那片陆地至高无上的统治者，享有无上的荣誉。鼍没有对手，鼍养尊处优代代相传。

鼍的好日子并不长久。

四条赤鳞虬看中了那片水域。虬讨厌鼍这种大嘴杀手，要将其全都赶到陆地上去，远远的，永远也别回来。

虬有自己的手段，用不着去和鼍商量。

整整一个春天，滴雨未落，湖上刮起干旱的风。湖水一天天减少，滩涂一天天增多。鼍栖身的地方越来越少，拥挤引起了内讧。为争夺地盘，鼍的家族自相残杀，水边成了角斗场，到处都能听见鼍的惨叫。

鼍头知道这是虬的手段，然而固执的天性让鼍头做了一个错误的决定——坚守到雨季。

雨季到了，干旱依旧，酷暑难当。虬在天上，鼍头奈何它不得。

虬开始从湖中汲水，湖面萎缩到原来的三分之一，露出的

湖底长出了荒草，走兽们因缺水早已离开，甚至连鸟儿都不在这里做窝。鼍族遇到了严重的生存危机。

仅剩下一点儿水，鼍的子侄互不相让。

太阳底下，尽是鼍风干后的一具具骨架。

鼍的子侄们哭丧着脸，看着鼍头。鼍头终于认输了，带上自己的族群踏上遥远的旅程。经过半年多的跋涉，鼍家族终于看见一条大河。

现实中，鼍头又遇到了相似的难题。

鼋婆不止一次说要他的鼍族离开，鼍头这回要主动出击，他不会坐以待毙。

他再次出现在河边，忙得不可开交，却见不到鼋婆。

船家在忙着修船，鼍头就是想让璞知道这消息。

两三天后，璞对拥尘说他要去渡口。拥尘没阻止他，还叫他带上两碗粟米。

下午，璞又来到渡口。

远远望去，鼍头的身边放着一大堆木头，看来他不像是在修船，倒像是在筹建一座大桥。

鼍头心中窃喜，鼋婆不在身边，今天他一定要摸清这个叫璞的少年的来历。

璞往前走了几步，在鼍头面前站住。鼍头仔细打量着璞：一张稚气的脸，个子不高，就是一个普普通通的少年，鼋婆却把他吹得神乎其神，今天自己一定要试出个究竟。鼍头说自己人手不够，要璞帮忙把独木小船翻过来。

璞绕到船头，弯下腰，两手抓住船头。鼍头说自己老了，没有力气，让璞去船尾。

璞十分听话，又走到船尾。

鼍头吃力地将船头抬起，看着璞。

璞双手抓住船尾。鼍头暗暗发力，船比平时重了许多。璞一用力，船动了一下。鼍头又给船加了重量，璞再发力，将船抬起。

鼍头暗暗吃惊，一个十四五岁的少年哪有这么大的力气？

船翻转过来，鼍头张着大嘴喘气。

璞问："你没事吧？"

鼍头一屁股坐在地上，说："我老了，比不得你们年轻人。"

璞说："我倒没觉得太费力。"

鼍头说："这船底裂开了，一时半会儿恐怕难以修好，我自个儿又干不动……"

璞说："我天天来这里帮你行不行？"

鼍头说："那就难为你了。"他指着远处土堆上的一堆木头，"我想用那些木头做个筏子，你要不累，就先把那些木头搬过来。"

璞答应一声，转身向土堆走去。

鼍头运足了劲儿，冲璞吐出一口黑气。

璞到了土堆旁，扛起一根木头。

鼍头坐在船上见璞稳稳当当地朝他这边走来，暗暗吃惊。

璞把木头放在船旁，转身又向土堆走去。

鼍头冲他吐出更大一口黑气。

璞从容地在船和土堆之间往来。

最后一根木头搬完，璞对鼍头说："还有什么活儿要我

做吗?”

鼍头不敢看他，低着头说：“没了。”

璞向鼍头告辞。

鼍头一下抬起头来，说：“明天早点来。”

璞答应一声往回走去。

鼍头瞪眼望着他的背影。这时他的子侄们从水边或河岸的草丛里伸出头来，问鼍头：“对付一个小孩子，为什么要下这么大的功夫?”

鼍头瞪起了眼睛，他的子侄们吓得赶紧缩回头去。

璞真的难以对付，鼍头想起自己的老友——蜥头。

蜥头住在离这里不太近的一个山洞里，白天要出去晒太阳，不到夜里不会回来。鼍头知道凭自己的能力对付不了璞，更大的麻烦一定在后头，自己得尽快找到一个帮手。蜥头绝对是不二人选。

多年不见，不知这老家伙现在怎么样了。

夜深人静。

鼍头到来的时候，蜥头沉重的身躯趴在大青石上，不停地往外吐舌头。看上去它比从前更加腌臜。

蜥头对鼍头的到来感到奇怪。

鼍头说明来意。

蜥头擦了一把嘴边的黏涎，说这个不难，只要被我撞上，别说咬他一口，就是抓他一把他都得丧命。

这天夜里，拥尘问起璞去渡口的事，璞说那条船还是没有修好，自己一时半会儿恐怕离不开这里。拥尘说首领不知从哪里听到璞的消息，下午已经来过这里。还说明天她一定要见到璞。

第二天早晨起来，璞觉得有些头晕。拥尘说他脸色不太好，是不是病了。璞也感到奇怪，定了定神说自己从来就没生过病。今天似乎少了些力气。

四

璞从天上来到人间除了因为瑶还有一个原因，那就是他不想受约束。筱园的日子虽然单调璞倒是不介意，他最不愿意的是见到筱园的公公就得唯唯诺诺一副顺从的样子。但今天他还得去见首领——井。

井坐在茅屋前的空地上和部落里的男人女人们说话，璞很小心地走了过去。

璞站在井的面前。他突然觉得有些别扭，从小到大他习惯了竹林草地还有河流，很少有当着这么多人被问话的经历。

井说话很直接，要他留下来。

璞沉默了一会儿，还是拒绝了井的要求。

井看到了璞的内心，最后对他说："既然你不想留在部落里，那就好好地去烧炭，不要去碰我们的女人。"她说话很和气，却有一种毋庸置疑的威严。

璞的脸变得通红，幸亏他低着头，没人能看得见。他心情变得很坏。

离开井，璞好半天才平静下来。

眼前的世界似乎不像自己想象的那么美好，每一棵树、每一枝花、每一棵草长得都没了道理，鸟声虫声也不如从前好听。

他有了一种强烈的陌生感。

璞又想起了茶山，蜻蜓和蝴蝶在山坡上飞舞，空气中飘散着花草的芳香。璞沉浸在对过去时光的想象之中。

不知不觉中璞回到山坡下，拥尘正在忙着往炭窑里装木头，他想过去帮忙。

拥尘似乎知道他去见井的结果，也就不去问他。

直到将炭窑装满，璞才告诉拥尘，他要去渡口跟船家一起修船。拥尘忙着干活，没心思阻止他。

璞沿着山路往渡口走去。今天他走得有些慢，心里像是想着什么事情又好像没有什么事情可想。

他感到了疲惫，在路边一块石头上坐了下来。

四周全都是没膝的荒草，在秋风的吹拂下一起一伏沙沙地响，璞的心情如同这秋日的荒草，起伏不定。

瑶在哪里？她还会来吗？

我究竟要到哪里去？

他没了主意。

一阵倦意袭来，璞闭上了眼睛。他身后的草丛里，蜥头伺机而动。

璞突然打了个激灵，一下子清醒过来。他感到了恐怖，一股死亡的气息正向他逼近。璞一下跳起来，这时一张大嘴刚好触碰到他的后背。

璞跑出几步回头去看，蜥头的前爪抱着他坐过的那块石头，冷冷地盯着他。

璞的心怦怦直跳，两腿也有些不听使唤。

蜥头扭头溜进草丛，很快就消失了。

璞站在路中间，头脑一片空白。

过了好一会儿，他才缓过劲儿来，慢慢向渡口走去。

鼋婆不在，渡口只有鼍头一个人。

璞向鼍头移动过来。

鼍头正坐在船底上等璞。

璞今天的确体力不支，站在鼍头面前，无精打采。

鼍头看了他一会儿，问："你是不是有些不舒服？"

璞回答说："感觉没有力气。"

鼍头又问："昨天你不是好好的吗？"

璞说："路上遇见一只蜥，吓了一跳。"

鼍头关切地说："没伤着吧？我来给你压压惊。"他伸出一只手在璞的头顶慢慢摩挲着，"一只蜥也没啥了不起，这样的事也不是经常遇到，别往心里去。"

连蜥头都没能把璞除掉，鼍头暗暗吃惊。强取不成只能暗算，幸亏他年龄很小不谙世事，今天又来送死，这也许是我最好的机会。鼍头手心按住璞的头顶，憋上一口气将一股乌黑的血气全都注了进去。

一阵寒冷的感觉从璞的头顶直达脚底。璞觉得不好，用力逼住那即将浸入骨髓的阴冷。

鼍头察觉到璞有了抵触，说："放松……我再给你用些功夫。"

璞说不清鼍头这是在做什么。浑身松弛下来。

鼍头松开手，对璞说："感觉好些了吧！"

璞定了定神，说："就是有些冷。"

鼍头说："那是你受了惊吓，阳气耗散，回去好好歇着，过两天就好了。"

璞虽然不太相信他的话，却也无可奈何，转身往回走去。

鼍头冲着他喊：“别着急，走路慢点。”

璞昏昏沉沉，好像没听见他喊什么。

回到山洞，璞晚饭没吃就躺下了，拥尘以为他累了没加理会。到了夜间，璞浑身麻木，连翻身的力气也没有了。他觉得自己从地上飘了起来，一直飘向洞口，奇怪的是洞口的石头居然没能将他阻挡住。他飘到了洞外。

洞外没有星星，没有月亮，什么也看不见，什么也听不到。但他清楚地感觉到自己来到了什么地方，那里是田野，那里有树木和茅屋。

璞似乎感觉不到自己身体的存在，任何东西都挡不住他，想去哪里就去哪里。他越飘越高、越飘越快，一路向西。那是他来的方向。眼前什么都看不见，但他仍能感觉到自己已经回到了金水池。他一点点在下降，在湖边的巨石旁边停了下来。他觉得飏就在他的身边，尽管他看不见飏也听不到飏说话，但他清清楚楚地知道飏正在问他怎么回来了。

璞告诉飏，他是不知不觉中飘到他身边的。飏告诉璞他看见璞浑身乌黑，像是刚刚从一口染缸里爬出来。璞很诧异，说自己怎么一点也没感觉到？飏把璞引到湖边，对他说你还是在水面上照一照自己吧！璞蹲在水边去看水中的自己。这时飏从背后使劲儿推了他一把，璞一下跌进水里。

一阵温暖的感觉从璞的心底升起，他一下清醒过来。

原来他做了一个梦。

黑暗中，拥尘听见身边的璞哼出声来，立刻坐起身，问他怎么了。

璞想了想，说他饿了，想吃东西。

拥尘站起来，要摸黑去外面生火给璞煮饭吃。璞说不用了，再过一会儿天就要亮了。

其实璞说完自己饿了这句话就有些后悔，他也不知道自己现在究竟饿不饿。

拥尘躺下来说："我看你是病了，明天还是别去渡口了。"

璞觉得自己确实没有力气，是该好好躺上几天了。但他还是勉强地说："鼍头还有蜥，真让人害怕……"

拥尘问璞怕什么？璞强打精神，把白天发生的事情说给了拥尘。拥尘听了，对璞说："有些事情你是该好好想想了。"

璞的情绪变得很低沉，对去乐山越来越没信心。

午后，璞来到炭窑旁对拥尘说："我不想去乐山了。"

拥尘正在收拾烧好的木炭，不慌不忙地说："我早就知道你去不成。"

璞听了这句话，沉吟不语。

过了一会儿，拥尘干完自己的活儿，靠着木垛坐下来。他闭上眼睛，像是要睡去。

璞憋不住，在他身前蹲下，问："老人家，你咋知道我去不成？

拥尘抬起眼皮，看着璞说："就连身边发生的事情你都弄不清楚，还说什么要去乐山？"

璞一下子红了脸。

第四章 部 落

一

瑶没能追上那棵坠落的仙草。

望着无边无际的荒野，瑶心里非常失落。失去仙草自己就失去了许多人都没有的本领，一旦踏上那片土地，自己就再也不是会飞升的仙子而成了一个真正的凡人。

虽然是秋天，大地仍留着夏的余韵。天水之间，云团飘浮，远山在云雾间若隐若现，这样的美景瑶和琪没有心思去欣赏。

瑶和琪共乘着一片彩云飞来飞去，就是看不见那棵仙草。瑶相信自己的判断，仙草就是向这里飘落的，自己还是晚了一步，没看见它落在地上的位置。

琪完全停止了思想，目光全在地面上。

瑶心里越来越急，自己和璞有约，三天内去一个叫金水池的地方相会。如今已经过去了五天。再这样耽误下去她就会失去与璞相会的机会。

瑶不得不降下彩云，仔细地搜寻脚下的每一寸土地。彩云离地面越来越近了，琪焦急地拉了她一把。瑶看了看琪，现出一脸的无奈。她知道脚下还有很远的一段路程，自己一旦落下荒野，再去金水池就很困难了。

她们的正前方是一处山崖，瑶和琪从山崖的旁边飘了过去。一条小溪刚好从崖下流过。小溪旁边散落着几个不大的茅屋。快到中午，炊烟东一缕西一缕地升起来。

瑶和琪沿着溪流向前寻找，这里是仙草最可能落下的地方。琪抬起头向崖上望去，她看见一棵青藤。琪撇下瑶分出一片彩云自己飞了过去，她看清了那是一个闪着金光的青藤。藤上结着一个泛着淡淡金光的黄葫芦。

琪一阵欣喜，离地这么高的绝壁能长出一棵野草都实属不易，怎么会有一棵青藤，更不用说结出一个金光闪闪的黄葫芦了。

瑶正聚精会神地寻找仙草，没注意到琪离开了自己。当她想起琪的时候，琪已经离自己很远了。

琪慢慢靠近崖上的青藤，伸手抓住黄葫芦。

瑶不知琪在干什么，转身向琪那边飘去。

琪从青藤上揪下葫芦，回身寻找瑶。

瑶飘到琪的身边，惊奇地看着琪手里的黄葫芦。

“哪儿来的？”

“前面的崖上。”琪将黄葫芦递到瑶的手上。

瑶仔细打量着琪手里的黄葫芦。刚扯断的藤蔓还带着一股淡淡的清香。瑶虽不知道琪手里拿的葫芦有什么用处，但知道它不是寻常之物，便问：“只有这一个……”

琪回答说：“只有这一个。”

瑶将手里的葫芦摇了摇，又把它送到鼻子前面闻了闻，说：“是个好东西。”她把葫芦递给琪，望着崖壁，除了那棵青藤再没一点儿绿色。她又向崖下望去，竹林里似有一处茅屋。

琪将葫芦揣在袖子里，对瑶说：“我仔细看过，崖下只有几棵柏树，仙草不会掉落在那里。”

瑶说：“柏树后面的竹林里好像有人居住。”

琪说：“这里怎么会有一户人家？”

瑶说：“我没看错，那的确是一处茅屋。”

琪说：“茅屋，该是什么人在这里居住……”

瑶说：“肯定不是普通人，你摘了人家的宝贝葫芦……说不定人家已经发现我们了。”

琪有些害怕，“那我赶紧把它扔了吧！”她从袖子里取出葫芦。

瑶阻止了她，“扔掉太可惜了。”

琪看着葫芦，“我还真舍不得把它扔掉。”

“找仙草要紧。”瑶拉住琪，就着崖前升腾的雾气，两片彩云迅速融在一起向远方飘去。此时，瑶和琪根本想不到日后那个黄葫芦会给她们带来意外的帮助和惊喜。

崖下茅屋前，一位麻衣老者拄着拐杖，默默看着远去的瑶和琪。

仙草当真落在了崖下。

那时老者正在院子中间的柏树下闲坐，仙草从空中坠落时惊起了地上的飞鸟。

老者不知道发生了什么，抬头往飞鸟惊起的天上看去。

天空空无一物，只有一轮太阳。

鸟儿不会无端飞去。

他将手遮在额上，仔细去看。远远飘来两朵彩云。老者知道一定发生了不同寻常的事情，但鸟儿肯定不是因为这两片彩云才飞走的。

两片彩云在半空中盘旋，似乎在寻找什么。直到两片彩云向崖上飘去，老者才看清那是两个仙子，并且摘走了他的黄葫芦。

老者踱到崖下，看了看被扯断的半截青藤，心想：两位仙子到这里究竟为了寻找什么？

崖下是一块平坦的空地，除了荒草还清一色地开着野菊花。在这里要寻找什么东西非常困难。老者在一块空地上坐下来，闭上眼睛，意识很快进入虚空。

须臾，他睁开眼睛，站起身走进草丛。在一株野菊花的旁边捡起仙草。

老者仔细端详着这株看似普通的小草，茎上仅有五片窄窄的叶子，看它的根系像是刚从地里拔出来的。

他径直走进茅屋，从地上捡起一个瓦罐将仙草装了进去。随后他又走出屋子收起一捧湿土，回去将仙草的根系培好。

他在仙草的对面坐下来，笑眯眯地看着它。

仙草却有些黯然，它原本生长在瑶池，是九气青天的一株神草，本不该来到这里。

一年春天，永安娘娘、安笔娘娘赴蓝华会，落霞、紫云二童女随行。九气青天高真云集，落霞、紫云任由其行。二人转琼台下玉阶至翠薇园，园中小畦内有小草数十株。落霞、紫云

各拔一株五叶仙草藏于袖中。出园门落霞听说这个季节茶花正放，与紫云商量后离瑶池去访茶山。

那天瑶正在采茶，见二童女翩翩而来。瑶有了结识她们的心思。知道她们是永安娘娘和安笔娘娘的侍女，仙子瑶十分欣喜，送落霞、紫云茶花各一朵，落霞取出自己那一株仙草还赠给瑶。落霞说不管是谁，只要把这株仙草放上头顶立刻就会隐去身形。

瑶将仙草藏在茶山，直至出天门前才把它带在身上。

仙草十分苦闷，问老者："我是不是从此永久告别了逍遥缥缈和晚风追逐，要在瓦罐和樊篱的羁系下度日？"

老者告诉仙草："你只是暂时留在此处，百日之内一定重返天上。但你要保持缄默，在瑶回到这里之前不能再说一句话。"

仙草听了，苦恼减轻了许多。

正午的阳光照着荒野，瑶和琪脚下的云越来越薄。

摇摇欲坠。

琪好像支持不住，随时都可能要落下去。瑶伸手将她拉住。

没有一丝风，她们飘得很慢。瑶努力向远方望去，似乎有些水汽。她想那里或许有条大河，只要坚持到河上，借助水汽她们就可以获得更大的一片云。

持续了很长一段时间，她们终于找到了那块有水汽的地方。那里没有滔滔的大河，而是一座山谷，从空中往下看，谷底有一线清澈的小溪。瑶和琪挥舞衣袖努力吸住身边的每一点水汽。借助上升的气流，瑶和琪向更高处飘去。

正前方是一片荒无人烟的草滩，到处长着没膝的荒草。风吹过的时候荒草晃动如同波浪起伏不定，寂寞的天空无声无息，这让瑶感到了一种惆怅。她回想起天上的茶山，那里仍然是春季，晚茶再过几天就能采摘，漫长的夏季还没有到来。

瑶又想起了九天琼台，那里青衣翩翩、素裳跹跹，像自己这样的普普通通的采茶仙子想获得一个地位简直就是奢求。

瑶只想过普通人无拘无束的生活，她打定了主意。

两天前，海上龙子约她同去蓬莱。她完全可以趁此机会离开茶山，泛舟而去。但为了和璞的约定，她还是放弃了。

琪还不如瑶的境遇，她的出走带着些许无奈。

瑶所在茶山旁边有一处菊坡。菊园就坐落在菊坡上。琪是菊园的侍菊仙子。管菊园的公公经常外出，有时半个月都看不见他的身影。日子久了，琪便有些懒散，经常跑到园子外面去玩。有时她也抱着双膝，坐在园子门口望着寂寞的天空。

几乎所有的菊都不喜欢琪。一天，这些菊在窃窃私语中得出一个结论：琪骨子里就不安分，早晚会惹出事被贬下凡间。

它们都盼着琪早点出事。琪仿佛知道它们的心思，故意怠慢它们。除此之外，琪也不做更出格的事。抓不到琪的把柄，所有的菊都很郁闷。

一天，琪不在，金菊、白菊在亭子里闲坐。侍菊仙子琬经过这里，金菊、白菊将她叫住。金菊、白菊对琬抱怨起琪来。

琬不好说什么，只是听着。

这时，琪回来了。

琬慌忙将它们说的话用包袱裹起，抱在怀里假装没事向园门口走去。

琪迎着琬，故意撞她。琬怀里的包袱一下散开，金菊和白菊刚才说过的一些话掉在地上。

琪抢在手里一看，原来是白菊说琪多少日子都不给它们浇水……金菊说琪邋遢得像个婆娘……

琪十分生气，撇下琬，直接去找金菊、白菊，大吵一通。

管园子的公公回来，金菊、白菊向他告状。

公公恐怕事情闹大连累自己便派了琪许多的不是，还说琪再不好好干活就贬她到园子外面做粗使杂役。

琪心中苦闷，找瑶去诉苦。瑶告诉琪她想离开天上一段日子。琪央求瑶带她一起走，瑶很为难，自己走出天门都很困难，她没有答应琪。

琪每天都向茶山那边张望，直到看见瑶准备离开茶山。

瑶和琪十分清楚，茫茫荒野再回去寻找仙草已经没有可能，最理想的就是尽快到达金水池，那个山峦环抱的地方。

地上一个个圆丘状的茅屋吸引了她们的目光。十几个茅屋群组成一个部落，部落里男女老幼个个披着长长的头发，腰里围着兽皮或者麻布。荒野上几个女人在收获谷物，山坳里一个男人手握石刀砍柴，河沟边一群手持弓箭长矛的男人在追逐野兽……

瑶和琪觉得这一切很新奇。

前方现出模糊的山峦。渐渐山的那边升起了薄雾，蒙蒙地飘过山顶向四周弥散，瑶以为那是金水池湖面升起的烟岚。

瑶凝神眺望，仔细搜寻着对金水池的记忆。

她没有踏足过凡尘，只是凭借很少的走出天门的机会远远地观察过金水池。这里的地形和方位已经十分接近金水池，只是路程不十分确切。琪望着瑶，心想不管你带我去哪里都可以，反正天上是回不去了。她完全没了主意，把未来全都交给了瑶。

已经正午，按照时辰推算她们早就应该到达。可金水池仍旧看不见，瑶十分困惑。

一群鸟儿从正前方向这里飞来，从她们头顶的上空划过，接着又是一群，像是逃避猎人的追赶。

薄雾渐渐变浓，并且向高空弥散开去，很快就遮蔽了前方的一切，甚至是近处的草地。

风吹过耳边，呼呼地响，这样的天气瑶从来没有见过。

不是正常的天象。

她忽然有了恐惧。大风和大雾同时出现非同寻常，这绝不是好兆头。她拉住琪的手，试图离开。

琪早就感到了不祥，见瑶拉她，十分恐惧，险些跌倒。

她们脚下的云也越来越薄，两人离地面也越来越近。瑶觉得有一股巨大的力量正在往地面拉扯着她，就在她控制不住自己时，琪一下掉在了地上。

瑶伸出一只手，想把琪从地上拉起，可自己脚下的云彩也全都消散了，她们终于落在了地上。

风停雾散，四周一片明净。

地上多了两个村姑。

瑶看着琪，琪也正在看她。两人一句话也不说，谁也不清楚到底发生了什么。她们还没从刚才的惊恐中解脱出来。

瑶感到了失落。顷刻间她就由一个自由自在的仙子脱胎成了一个普通的凡间女子，连身上的锦衣都变成了粗布。她心里

有了一种说不清的滋味。她努力使自己平静下来，身边还有琪，她要承担起更多的责任。

琪看着自己一身粗布麻衣，不知该哭该笑。

瑶拉着琪的手，说："从现在起，我们已经彻底告别了过去，成了地地道道的凡人，你后悔吗？"

琪有些迷惘，她一时还不能把自己从过去的角色中转换过来。她没有回答瑶，却往前走了几步，然后张开了双臂。她试图使自己再次飞离地面。

一点用处也没有，她的两条腿就像在地上生了根一样。身子沉沉的，一动不动。她凄楚地说："什么都没了。"

疲惫笼上脸庞，瑶强打精神，"说什么都没用了，重新开始吧！"

瑶抬头看了看太阳，眼睛被刺得生疼。她的前方有一片高大的楝树，树的影子投向东北方。已经是下午，她们已经往前走了很远，天地间好像什么都没有发生过，远方飘过来的那阵浓雾带给她们的心理阴影正在一点点淡去。

秋高气爽。

这是她俩第一次踏上人间的土地，两人觉得十分新奇，什么都看不够。眼前的一切都无比真实，不再有那种云中穿行的寂寞以及虚无缥缈的荒凉。她们都庆幸自己能够从飏的眼皮底下顺利逃脱，这一刻她们不再是虚空中的灵魂，而是两个鲜活灵动的生命。

唯一让她们失望的是目光容易受阻，前方那道屏障般的山会让她们感到压抑。除此之外，她们每天都得找到食物，这是凡间每一个生灵都无法回避的，但那也是一种快乐的享受，并不是一种痛苦的负担。即使在天上，每过些日子她们也总是要吃上一点东西。尽管这样，在秋日明媚的阳光里，她们心中有说不出的清爽与喜悦。

秋天的平原，仍旧是浓郁的绿色，生机勃勃。她们在荒草和荆棘中穿行。

瑶很想立刻就见到人，她有了一种与人交流的欲望。

正前方不远处有几座茅屋，瑶知道那是一个部落，两人不约而同一齐向那里奔去。

茅屋外的木墩上坐着一个年老的婆婆。婆婆第一眼就发现了瑶和琪的不同寻常，她们高挑的身材十分打眼。婆婆从没见过这么窈窕的女子，部落里成年男人的个子都没法和她们比。她们翩翩而来，又有着姣好的面庞，婆婆心里十分喜爱。

瑶和琪还没走近婆婆，婆婆率先站了起来，这让瑶和琪感到很亲切。

两人来到婆婆近前，说了声："婆婆万安。"

"两位花容吉祥。"婆婆指着身后的茅屋说，"进屋歇一歇吧！"

瑶和琪第一次近距离观察部落人居住的屋子，一个土坯垒起的圆丘，屋顶的正中尖尖的，从上向下铺着厚厚的茅草，墙壁的四周留着几个不大的窗口，木棍和藤条编织的屋门安在朝阳面的墙壁上。茅屋看上去有些低矮，人进出须得弯下腰来。

瑶和琪跟着婆婆进了屋子。茅屋里很昏暗，很快她们的眼

睛就完全适应了。婆婆从瓦罐里掏出两个饭团递给两人，“吃吧！这是晌午新做的。”

这是瑶和琪第一次见人间的食物，拿在手上想吃却又有些犹豫。她俩不知道吃了这东西自己会发生什么样的变化，想想刚才两人一落地身上的衣服立刻就变了。

婆婆指了指靠墙根的瓦罐，说：“水在那里，渴了自己去喝。”

瑶向墙根处看去，那里放着一只黑色的瓦罐，瓦罐上方的墙上挂着一个葫芦瓢。

琪心里一动，伸手向自己的袖子里去摸，黄葫芦还在。琪想：“原来自己揣着的这个宝贝劈开来也就这么大的一点用处。”

两人确实是饿了，一小口一小口地吃着婆婆递给她们的饭团。一边吃又一边看着对方，仔细品尝着初到人间的第一顿美食。

吃过饭团，瑶和琪都没发现自个儿有什么变化，这才放下心来。

婆婆对瑶和琪说：“你俩一定累了，在这边歇歇吧！”她身子往一边挪了挪。

瑶和琪在她身边靠墙坐下。

琪问：“婆婆，这里怎么就你一个人？”

婆婆：“这些日子天气好，男人女人们都去田里干活了，只有我一个没有力气的留在这里。”

瑶和琪问婆婆从这里去金水池要走多少日子。

婆婆说她听说过这个地方，不知道那里有多远。婆婆身体好的时候到过很远的地方。她看得出瑶和琪一定不是自己附近部落的人。

瑶和琪告诉婆婆，她们的家在一个更远的地方，要到金水池去寻找一个人。

婆婆一脸讶然，两位花容连金水池在哪里都不知道还怎么去找人？最后婆婆劝瑶和琪留在自己的部落。

瑶笑笑，说："金水池不会太远了，我们很快就会找到那里。"

婆婆告诉瑶，如果到了金水池找不到那个人就早点回来。婆婆还说在她知道的部落中自己是年纪最大的一个女首领，叫顺。这个部落是她年轻时从自己母亲那里继承过来的，至今已经四十多个寒暑。附近别的部落人口都在增多，而自己这个部落却只有三个女人和十几个男人。三个女人中有两个早就不能生育，其中一个只生育过一次，小孩没长大就夭折了，已经有好几年没再怀上孩子。看着自己的部落一天天地衰落，她实在是不甘心。

瑶沉湎于顺的故事里，半天没说话。

婆婆接着说她曾多次提出与外族交换，可没有部落愿意把能生育的女人送给她。在这里能生养小孩的女人比男人更重要，几个男人都换不来一个女人。

听到这里，琪心里已经有了不安。她感觉顺这番话的意思是想让她和瑶留下来给这个部落传宗接代。琪心里有了一种说不清的感受，扭头看着瑶。

瑶比琪还要焦急，她觉得应该尽快离开这里。最好不要等到部落里那些男人回来。如果让他们看见自己和琪，也许她俩

就再也走不成了。

一束光从西边的窗口射进屋子，时间已经不早。瑶和琪向顺告辞。

正当她俩准备离开时，茅屋的外面传来男人的说话声，瑶的心一下悬了起来，她不知道接下来将要发生什么。

婆婆说：“是他们回来了，正好我也要到外面去看看。”

婆婆将门推开，瑶和琪弯下腰跟着婆婆来到外面。两个男人正在将背回来的稷倒在茅屋前的空地上。见顺的身后跟着两个女子，两个男人都很兴奋，赶紧向她们这边走来。

男人问顺这两个人是谁？顺告诉他们瑶和琪从很远的地方来，经过这里，马上要去金水池。

两个男人略显失望，说：“留下来吧！我们会善待你俩的。”

琪又急又怕，脸都变了颜色。瑶强作镇定，说：“我们不能留在这里，因为我们还有很多的事情没有做完……”

两个男人并不甘心，不住地祈求。

“你俩就留下来吧！”

“有什么事情我们可以帮着你们去做。”

“你俩啥时还会回来呀？”

顺冲着两个男人说：“你们两个别嚷嚷了，就让两个花容去吧！她们从很远的地方来，一定有大事情。”

两个男人失落地看着顺，不再作声。心中刚刚燃起的激情马上就走向衰竭和枯萎。

顺对他们俩说：“你们先不要去干活，就去送送两位花容吧。”

瑶又紧张起来，对顺说："还是我们自己走吧！不麻烦两位兄长了。"

顺说："前面有一条河沟，虽然不宽水却很深，还是让他俩把你们送过去吧！"

瑶见顺这么说也就只好同意。

两个男人虽然郁闷，但顺交代的事情还是要认真去做的。

顺说的那条河沟在茅屋的正南方，大概走了不到一顿饭的工夫就到了。男人对瑶说："就是这里了。"

瑶走近河沟边，低头去看。小河沟的确不是很宽，但一看就知道水很深。假如有一根粗大的树木横在河沟的上面或许自己还能够从上面走过去，但那上面什么也没有。她紧张地看着两个男人。

男人说："我只能把你驮过去了。"

瑶没说话，点点头。

男人率先走进河沟，水立刻就漫过了他的膝盖。他回头招呼瑶过来。瑶感到了恐惧，她不知道到了河沟中心河水会不会把她和男人淹没。她犹豫了，不肯上前一步。

男人在水里伸出双手。

瑶没有理由再犹豫，一步步向水边走去，她的腿微微有些发颤。

身后，琪大瞪着眼睛看着瑶。

瑶伸出双臂，男人没有去接她伸过来的手，身子往前一探两手抓住了瑶的腰，再一用力将瑶扛在了肩上。这是瑶第一次和男人近距离地接触，她一阵心跳，羞红了脸。

男人一步步往河沟中心走去。

瑶横在他的肩上，觉得自己的脸离水面越来越近，她看见水已经到了男人的腋下，自己的一部分头发已经浸在水中。她怕得不行，一下闭上眼睛。

瑶又觉得自己一点点远离了水面，她睁开眼，原来男人已经把她扛到岸边。

琪比瑶还要紧张，此时她正单独和另外一个男人站在河沟这边，她害怕身边这个男人会有什么出乎意料的举动。

水中，男人对上岸的瑶说："刚才你把我抓疼了。"瑶这才想起刚才自己两手死死地抓着男人的胳膊，冲他不好意思地笑笑。

男人又涉水往回走。

琪毫不犹豫地向水边走去，她完全信赖水中的这个男人。

男人从容地将琪扛起，一步步向对岸走去。琪不再感到害怕，反倒涌起一丝快意。

琪上岸时脸上带着淡淡的红晕。

男人最后一个上岸，看着瑶和琪，问："什么时候能够回来？"

瑶不忍心欺骗他，说："不一定。"

男人有些黯然，说："能把你们送过河对我来说也很满足了。"

瑶走近男人，说："你是个好人。"

男人看着瑶，说："如果不如意，早些回来。记着，我盼着你们能早点回来。"

瑶说："我会永远记住你，遗憾的是我给不了你什么。"

男人想说什么又什么也说不出来，瑶往前走了两步，贴着他站住。男人犹豫一下，伸出双臂将瑶紧紧抱住。

片刻，瑶轻轻把他推开。男人脸上带着幸福和满足的笑。他解下自己腰间的麻绳，在上面打了一个结后重新系在腰上。

瑶十分不解，问男人那是在做什么。男人告诉瑶，她是他拥抱过的第六个女人，算上这次他系腰的绳子上已经有了六个结。

瑶听了男人这番话，心里有了说不出的滋味。

男人看着瑶，说："走吧！天黑前找个地方住下来。"

瑶和琪从男人黑红的脸色中感到了一种亲切，这种亲切感在今后的旅途中让她们觉得无论走到哪里都不会觉得孤单。

瑶和琪最后与男人告别。

河沟那边，男人也在向她们招手。

瑶和琪看着帮助她们的两个男人，挥挥手，转身往前走去。

男人站在那儿，看着瑶和琪越走越远。

一路上，瑶和琪谁都不愿意说话，尤其是瑶更显得消沉。

琪终于憋不住，说："我发现了一个秘密。"

瑶一下来了兴致，问："你发现了什么秘密?"

琪反问瑶："你给了那个男人多少灵气?"

瑶说："你是怎么知道的?"

琪说："我见你往他身前一站就知道你要干什么。"

瑶说："我们没啥能报答人家，只能帮他这么多了。"

琪说："可怜的男人，他会想你一辈子的。"

瑶说："真的吗?"

琪说："真的。"

三

瑶和琪又走进一个部落，一个七八岁大的男孩，眯着一对好看的大眼睛看着她们。

瑶心中升起一种怜爱，在男孩面前站住，伸手轻轻抚摸一下男孩光滑的小脸蛋。

男孩竟然没有一点反应。

瑶指着离男孩最近的一处茅屋，“这就是你住的地方？”

男孩眼睛一眨不眨地看着她。

琪也过来，看着男孩说：“你是这个部落的孩子？”

男孩依旧没有反应。

琪觉得奇怪，仔细打量着这个男孩，她以为他是个聋子。

她在男孩的耳边拍拍手，然后对瑶说：“他不是个聋子，或许他不会说话。”

瑶看着男孩，说：“你能告诉我，这是什么地方吗？”

男孩仍旧眯着眼睛，嘴角流淌着笑。

琪说：“他是个傻子……”

瑶的视线从男孩身上移开，不远处的草地上横竖倒着几个和男孩差不多一般大的小孩子。瑶有了警觉，对琪说：“好像发生了什么，赶紧过去看看。”

瑶和琪来到他们身旁，那几个倒在地上的小孩子看着她们俩，嘴角同样流淌着笑意。

两人猜不出他们为什么会是这个样子。

瑶看了看四周，更远的地方几个男人女人站在那里正在朝这边看。

琪说:“或许他们是中了什么毒,我们去问问那些大人。”

瑶说:“莫非那些人也是这个样子?”

琪有些害怕,说:“这里究竟是怎么了?”

瑶说:“他们好像……我们过去看看。”

正在她们说话的时候,远处一个人倒在了地上。

琪更加害怕,对瑶说:“我不敢过去,我怕……”

瑶说:“你站在这里别动,我先过去看看。”她小心地朝他们走去。

远处那些还站着的人们呆呆地看着她。

瑶来到那些人身边,他们的表情跟刚才那个男孩一模一样——眯着眼睛,嘴角流淌着笑。

瑶觉得自己像是在梦中,眼前发生的一切简直就是一场虚幻。

此时,天近黄昏,晚风正从平原上空吹过来。一群乌鸦叫着从天边飞过来,又向远处的树上飞去。瑶心中突然有了一种感觉,有一种灾祸降临过这个地方。那天,这些会飞的精灵曾在自己头顶的上空仓皇逃窜。她一下想起那场遮天蔽日的浓雾。

瑶听见琪在背后喊她。她回过头,看见琪和男孩正向她跑来。瑶不知发生了什么,往回走了几步。琪和男孩站在她的面前。

男孩显然已经清醒,看着瑶。

“你刚才怎么了?”瑶问男孩。

男孩看上去听懂了,自己却说不出一句话。

瑶蹲下身来，双手捧着男孩的脸颊。男孩使劲儿喘了几口气，看来他已经完全清醒了。

瑶放开男孩，站起身。

“我不要离开你！”男孩大喊了一声，他双手紧紧抓着瑶，生怕一松开自己又重新回到过去。

瑶问男孩：“你到底怎么了？”

男孩回答：“我什么也不知道。”

“你是不是在梦里？”瑶又问。

男孩说：“是你让我醒过来的。”

瑶很诧异，“我是怎么让你醒过来的？”

男孩说：“你身上的香气……”

瑶下意识地摸了一下胸前，原来是自己脖子上挂着的这个香袋使这个男孩清醒过来的。她十分惊奇，对琪说：“他们有救了。”

男孩告诉瑶自从几天前一场大雾过后，人们渐渐就成了这个样子。男孩恳求瑶也救一救其他人。瑶答应了他。

男孩指着远处人群中的一个女人，说：“那是我妈妈。”

瑶解下挂在自己胸前的香袋。男孩拉着她的手向那伙人走去，琪紧跟在他们身后。

男人女人们丝毫感觉不到他们的到来，站在那里，一脸的傻笑。

瑶将香袋托在手上，送到那个女人鼻子下轻轻吹了一口气。她相信女人一定闻到了香气。

琪看着瑶，她不知道瑶香袋里的香气能不能让这个女人清醒过来。

瑶站在女人身边，静静地看着她。

女人一点反应也没有。

瑶显得很淡定，她似乎充满信心。

男孩有些焦急，上前拉了她一把。女人“哼”了一声慢慢睁开眼睛。她一下看清旁边站着的男孩，一把拉进怀里。

琪惊讶地望着她。

瑶照刚才的样子向他们施救，天黑下来的时候，人们一个个地清醒过来。一个年轻女人认出了自己的妈妈后号啕大哭。

瑶和琪被人们前呼后拥地走向一处空地，女人们用陶罐提来清水叫瑶洗手，也有人给她俩弄来吃的。人们围坐在瑶和琪的身边，感激地望着她们俩。大家隐约觉得整个部落遭受了一场前所未有的灾难，而这灾难极有可能源于几天前那场突如其来的雾气。

如果不是瑶的及时施救，也许他们就永远不会醒来。高兴过后，人们的心情又变得复杂起来。他们知道瑶不属于这里，她很快就会离开，这是无法改变的事实。没有人知道和那天一样的雾气会不会再来，而没有瑶在身边那将是什么样的后果？或许人们感受到了这种威胁的临近，每个人都显得不安，再也不像之前那样从容。有个年轻女人在一旁偷偷地哭起来，男人们都愁眉苦脸。

“让她们俩留下来吧！”一个男人大声说出了整个部落人心中的话。

“对！留下来吧！”

“留下来吧！”

人们变得有些激动，仿佛瑶已经答应他们不再离开似的。

人们点着了一堆火，拥着瑶和琪在火堆边又蹦又跳，空气都充满了活力。

瑶和琪知道他们的心情，此时再说什么都是多余的。

这天夜里，人们腾出最好的一座茅屋叫瑶和琪住下来。为了让她俩安心休息，部落里的人轮流守在外面。

瑶从未经历过这种场面，反而更加不安，直到很晚还是无法入睡。她坐起来，透过窗口向外面望去，两个男人静静地站在屋外的草地上保护着她俩。瑶却感到了一种温馨，一种虚弱，一种无奈。

琪早已睡着，均匀地呼吸着。瑶不禁出了一身冷汗，如果一直这样下去，她还怎么去金水池寻找璞？

瑶和琪救人的消息第二天就传了出去。很快，附近就有人来向她们求助。瑶和琪正愁找不到离开这里的机会，便跟着来人离开了部落。让她俩想不到的是，部落的首领怕她们从此不再回来，派出好几个人跟着她们。

瑶顾不了那么多，救人要紧。一番跋涉，她和琪来到一个靠河边的部落。

茅屋前的空地上横七竖八躺着很多人，他们全都失去了知觉。一个男人迎上来，对瑶说："快点救救他们吧！他们恐怕不行了。"

瑶没马上过去，她有一种感觉，那些人可能已经死了。

在人们的催促下，瑶壮着胆子走过去。那些人脸色发青，似乎已经没了气息。

瑶蹲下去，一个一个地救。同去的人跟在她身边，将她救治过的人一个个从地上扶起。

过了好半天，才有人开始清醒。他们吃惊地望着大伙儿，根本不知道过去这段时间发生了什么。

尽管瑶尽了最大的努力，还是有几个人没能活过来。整个部落陷入悲伤和喜悦交织的气氛中。

正当瑶和大伙儿忙着救人时，远处又有人向这里跑来，说他们的部落也发生了这种奇怪的事情，请瑶无论如何也要去救救他们。

瑶和琪不敢耽搁，跟着来人向那个部落赶去。他们看见好多人倒在路边和荒野，瑶不得不停下来一个一个地将他们救活。

来人心急如焚，说："我们那里的人正着急呢!"

瑶白皙的脸此时已经粉红。她额上的汗珠顺着脸颊像雨滴一样滑落下来，一直滑落到她挺拔的胸脯上。琪站在一边，想替她拭去却又找不到机会，眼前的情景让瑶完全忘记了自我。

瑶和琪救人的消息越传越远，所到之处一片欢腾，身边跟随她们的人越来越多。她们从来没有想过会被人如此倚重，倚重她们去救苦救难。

然而瑶也面临着一个无法回避的现实——她救人需要的时间越来越长，救不活的人也越来越多。瑶知道香袋里的香气已经消耗殆尽，说不定什么时候就失去救人的作用。而人们坚信她就是神的化身，来到这个世界上就是为了拯救苍生，是瑶给他们带来了生的机会。对此，瑶却感到深深的无奈。

瑶担心的时候终于来到，尽管她尽了最大的努力，倒在地上的人一个也没有清醒过来。人们非常失望，一双双眼睛看着瑶，希望她再拿出一个起死回生的办法来。瑶早就知道会有这个结局，但真正面对时，她还是感到内疚。看到人们失望和痛苦的眼神，她比他们还心痛，像是自己做了一件半途而废的事情。她把香袋丢在地上，失声痛哭。

琪从地上捡起香袋重新挂在瑶的脖子上说："不该把它丢掉，它救活了那么多人，功不可没。"

人们纷纷安慰起瑶来，说她已经做得足够多了。人们一如既往地喜欢她、感激她。

也有一些人纯粹是冲着瑶和琪的美貌来的。他们今天来了明天还要来，并且热情地向后来的人介绍起瑶和琪救人的经历来。这让人觉得他们才是瑶和琪身边最近的人。当后来的人向他们打听瑶和琪从哪里来时，他们又故意现出几分神秘不想让别人知道。看着别人羡慕的眼神，他们便很有一点儿自豪，觉得守护瑶和琪就是他们的责任。

几乎所有见过瑶和琪的人都觉得眼前一亮，他们活了这么多年从未见过这么漂亮的女子，单单她们两个的身材就让人着迷。更何况她们说话时的斯文雅致和落落大方，还有她们清亮的嗓音。

首领不甘寂寞，她要显示自己的存在。她告诉人们瑶和琪需要休息，不让那些人再来打扰她们。人们很无奈，却又不想走开。

无所事事，几个部落的人开始凑在一起揣测瑶和琪的归属，各自摆出瑶和琪与自己部落扯都扯不断的根据，拿不出根据的人则现出一脸的无奈。一个目光阴沉、了解到瑶和琪将不属于他们部落的男人现出一脸的蛮横，说不管瑶还是琪他们必须得到一个，谁敢和他们争夺他们就和谁动手。

情况有变，一个男人坐不住了，冲着瑶和琪的茅屋奔去。

立刻就有几个人冲过去将他拦住。

一个男人大声喊叫："瑶是我们的……"

马上又有人叫喊："琪是我们的……"

场面有些混乱。

部落里几个身强力壮的男人破口大骂，威严地举起了拳头。一脸蛮横的男人蔫儿了，那些大声嚷嚷的人一下闭严了嘴巴。

首领不得已将他们召集在茅屋前的空地上，说是要和大家一起商量一下瑶和琪的事情。

人们又选择了秩序，周边几个部落的首领和她们带来的人首先"落座"，加上本部落的人，数了数，总共有四十几位。场面十分隆重。

有人问首领："瑶和琪是从哪里来的？"

首领显得很神秘，"她们是从很远的地方来的。"

又有人问："很远是什么地方？"

首领又说："就是很远很远的地方。"

人们对这个"很远很远的地方"充满了遐想，认为那是一个盛产美女的地方，而且只有那个地方才能生养出一个个颀长淡雅、丰容盛鬋、眉目如画的女人来。

几乎所有男人都为自己没能生在那个"很远很远的地方"而感到失落。

首领接着宣布一件大事——

“瑶和琪从现在开始属于我们这个部落……”

和瑶同来的人显得很生气，“不对！瑶和琪是我们的！是我们把她们带到这里来的。”

人们全都站了起来，指着首领大声嚷嚷，场面更加混乱。

“瑶不是你们的。”

“琪也不是你们的。”

“你们说的不对。”

又有人指责和瑶一起来的人：“凭什么说瑶和琪是你们的？”人们的情绪变得很坏。

还是有人提议，瑶归哪个部落，应该由她自己说了算。首领没办法，只得同意大伙儿的意见。

和瑶一起来的人跑去找瑶和琪，让她们出面澄清事实。

瑶出来了。人们争相提出要求，要瑶和琪去他们的部落。一个部落的首领甚至当场就决定把自己的首领地位让给瑶。

瑶和琪从没有见过这种场面，有些不知所措。但她还是耐心地解释说她和琪只是路过这里，现在这里的人们已经平安，希望大家谅解她和琪，让她们尽早离开。

事实是她们俩想走也走不了，人们一如既往地守在她俩身旁。

无论如何，瑶也想不到不幸马上就来了。这天夜里，她病倒了。所有人一下子陷入慌乱之中。看着瑶恍恍惚惚的样子，人们拿不出一个解救她的主意来。

琪相信瑶是在救人的时候染上了余毒，而能够救人的香袋早已失去作用，她不知道怎样才能把瑶救过来。

她更害怕瑶会像那些男人女人一样死去。

几个部落里的人为了救瑶也在争执，最初那个部落里的人坚持要把瑶抬回去，说瑶属于他们。不管是死是活，瑶都要和他们在一起。

另外几个部落的人毫不相让，说瑶在这里救的人最多，她既然倒在这里就必须得在这里把她救活。还有人说瑶归谁必须等瑶清醒了由她自己决定，谁说的都不算数。

瑶一连昏睡了好几天，琪整日整夜守候着她。心里不住地为她祈祷，除此之外她一点办法也没有。一个月后，瑶终于清醒过来。琪立刻把这一喜讯告诉给身边的人。瑶好起来的消息很快传播出去，每个人的脸上都带着喜悦。

瑶一天比一天好起来，没有什么事情可做，两人便有了精神说起那场雾气。

其实那些天瑶和琪不止一次听人说那雾气是从远处的砀山飘过来的。起初人们还认为那不过是一场普普通通的大雾，过不了多会儿就会消散，没有人把它放在心上。不过也有人察觉出了异常，就在雾气升起的那一刻，天空中的飞鸟和地上的走兽全都躲藏了起来，那些人虽然不知道这是为什么，但也就近躲进了屋子。然而更多的人和往常一样，在雾气中仍旧做着自己的事情，根本没想到躲避。

雾气消散的第二天，人们感觉到了异常。先是爱到处乱跑的小孩子蔫儿了下来，随后大人们相继倒下。又过了一天，几乎所有人都失去了知觉。只有为数不多的人躲过了这场灾难。

瑶和琪亲眼目睹了那场雾气从发生到消散的全过程，更重要的是她两人就是因为雾气才早早地降落在地上。她们比谁都清楚那场雾不是天地间的自然之气，雾气伴随着大风非同寻常，不会凭空而来。灾难的背后一定隐藏着不为人知的原因。

究竟是什么原因，瑶和琪凭自己的经历无法给出答案。但她们心里清楚，像这样的灾难今后还有可能发生，甚至会比这次更可怕更凶险。

瑶对琪说金水池离这里已经不远，她们的脚下只有一条路，要想去金水池必须得翻过面前的这座砀山。

琪听她这么说，不由得打了个哆嗦。

五

这几天，部落里的人忧心忡忡，瑶和琪迟早要离开，因为她们原本就不属于这里。没有了瑶和琪，人们心里就没了底。人们最担心的是那样的雾什么时候会再来。胆小的人不时跑到外面去看，一片云彩也使他惊慌失措，急忙躲进屋里。

人们把全部的希望都寄托在瑶和琪的身上，相信她们一定能为他们想出一个办法来。

瑶这回真是犯了难，她知道自己没那个本领，这次救人的经历实属偶然，可部落里的人却不这样认为，他们觉得瑶一定有办法。

瑶问琪："你有什么办法?"

琪回答得很干脆："我没有 。"她一眼看见瑶胸前挂着的香袋，"你那香袋里装的是什么?"

瑶说："茶山坡上有一种小草，这是它的种子。"

琪说："那这里会不会有你说的仙草?"

瑶想了想，说：“不会！我们一直在地上寻找仙草，根本就没看见。”

瑶陷入一种忧苦境地，她面对的是一张张祈盼的脸和一双双信任的眼睛。

但她必须离开，尽管她放不下他们。

部落里的人劝瑶和琪不要离开，雾气就是从砀山那里飘过来的，那里一定隐藏着不为人知的秘密，路上会更加凶险。

瑶和琪坚持要离开，人们知道留不住她们，个个都很失落。

一天早晨，瑶和琪出发了。部落里几乎所有的人都跟在她们身后，一直把她俩送出很远才回去。

太阳偏西的时候，砀山在她们眼里已经十分清晰了，她们脚下的路也越来越窄，部落也越来越少。放眼望去，漫山遍野的荆棘，前面已经不再有路。

瑶和琪不敢贸然进山，往回走了一段路去寻找部落。

黄昏时分，她们看见了几座茅草屋，屋顶的上空飘着缕缕炊烟。几个女人在茅屋前的空地上正在朝她们这边看。

瑶和琪走了过去。几个女人显得很热情，说的是什么话瑶和琪很难听懂。

费了很大的功夫，瑶和琪才明白她们是要自己留下来，前面已经是天边，山那边再也没有去处了。

瑶和琪在女人们的屋子里住了下来。

她们躺在柔软的茅草铺上，身上盖着一大片麻被，这个季节夜里已经有些寒意。首领是个中年女人，她身旁躺着四个小孩子，大的只有八九岁，最小的看上去也只有两岁。这是个很

能生育的女人。

瑶问首领这里是不是经常会有雾气出现，首领说过去曾经有过，但最近一直没有发生过。瑶和琪觉得奇怪，问雾气对部落里的人有没有伤害。首领想了想说曾经有一次大雾，大雾过后人们变得有些乖戾，部落之间甚至发生过斗殴，没过几天也就好过来了。瑶问首领这里的人们怕不怕雾气，首领说砀山脚下生长着一种香树，每年春天人们将树皮割破把流出的香脂收集起来。这种香脂涂在身上蚊虫不咬，雾气也不会给他们带来大的灾害。

瑶心里一动，问首领那是一种什么样的树。首领说树生得不算高大，是一种极普通的树，山脚下到处都是。瑶好像又看到了来时部落里的人们那无助的眼神，心一下子沉了下来。

第二天，天气有些阴沉。瑶和琪不想上山，便跟着首领去野地里收稷。除此之外，瑶更想看一看首领说的那种香树到底什么样儿，她甚至还想顺便采集一些树的香脂。

首领带着十几个人来到野外，让瑶不解的是这里根本就不是她想象中的田野。到处都是没膝的荒草，很难发现成熟的稷。瑶不知道人们为何将这一望无际的荒野叫作田。

一个上午走出好远才收获一捆成熟的稷。瑶问首领这些稷是地里自生的还是部落里的人种下去的，首领告诉她春天到来的时候，男人女人们就要在这片荒野放上一把火烧光所有的草和树木，然后用石刀划开土将稷的种子丢进去。过不了多久稷就会自己长出来，这么大的田能收获这些稷已经很不错了。首领还说除了稷他们还种麻和黍。因为春天雨水少，稷长得不算太好。瑶惦记着香树，一边在田里寻找稷，一边望着附近的树木。

首领告诉她，这个季节香树已经不再流出香脂，只能将春天割破的树皮剥下放在陶罐里熬出一些黏稠的油浆来。

这个夜晚，首领又问瑶去金水池的事情。

瑶告诉她山那边不远就是金水池。和这里一样有山坡、河流、部落和人群，是个富饶的地方。希望有一天首领也能过去看看。首领说她很小的时候就听人说起砀山不吉利，人上去是要有灾祸的。这里的人祖祖辈辈都认为地到了砀山也就到了尽头。瑶说如果明天天气好，她们就去砀山。

琪收了一天的稷，已经很累了，听着听着就睡着了。

瑶想着明天的行程，心中不免有些紧张。

屋外，传来几声凄清的鸟叫。山风吹过树木和屋顶，发出呜呜的声响。瑶想起和璞的约定，心里一下悲伤起来。

瑶一点儿也不困倦，望着墙上不大的小窗，隐隐约约觉得自己像是被关了起来，已经失去了自由。首领再说什么瑶只是听着或做一些简单的应答，她的心思移到了离别处。

她想起了茶山。

在瑶决定离开天上的最后一刻，她来到茶林里，她要把仙草带到人间去。

她在仙草旁边蹲下来，默默看着它。

仙草感到了异常，它知道瑶的心思，是要把它带到一个完全陌生的地方去。仙草有些落寞，离开瑶池并没让它感到孤独，它反倒喜欢上了茶山的空寂。这里山岚抹黛，花草欣然，仙草喜欢上了这个地方，再也不愿离开茶山到人间去经历一次

世俗。

瑶告诉仙草，自己是不得已才要带上它，在人间她需要它的相伴。

仙草默不作声，带着无奈接受了现实的安排。

瑶小心地将仙草从土里拔出。仙草蜷伏在瑶温暖的手上，想着即将到来的艰辛旅程，还有人世间的困苦与友情。

此刻瑶倒是有些踟蹰，她又因仙草有了感伤。仙草原本好好地在这里生长着，今后就要与自己一起去奔波流浪，不知要经受多少磨难，度过多少寂寞时光。

芳草萋萋的沉寂让瑶十分不忍，她几乎要重新把它栽回去。

瑶脆弱的心在颤抖，眼里流下泪来。她手捧仙草在茶林边立了许久，就是无法移步走开。

仙草在默默承受之后，告诉瑶它叫迎采，身上的叶子能解百毒，无论在什么地方，瑶只要把它放在头顶就会隐去身形，即使分开了，瑶只要叫它一声，它就能听见。

瑶听了，一种说不出的凄楚涌上心头。她告诉仙草，今天她就要和它一起离开天上到尘世间走一回。仙草说它只有一个要求，要瑶每隔几天就在它身上浇点水。

这个夜晚瑶被一种难以叙说的心情纠结着，她和仙草的聚散离合恍如一梦。她幻想着仙草一定落到了地上，并且好好地生长着，阳光雨露滋养着它清莹的小灵魂。

她一下想起仙草说的话——即使分开了，瑶只要叫它一声，它就能听见。

一种眷恋从瑶的心底升起，她默默地呼唤仙草，你在哪里？能听见我说话吗？

仙草完全听得见瑶的呼唤，不管距离有多远，它仍然能够向瑶传递自己的心声。但，此刻它不能回答瑶，因为它相信那位长者说的话。

○下部○

掠影

第五章　胭脂渡（二）

娈女的茅屋总是寂静的。鼋婆并不和她住在一起，鼍头更是不会到她这里来。大河边上本来就人烟稀少，再加上居处的偏僻，几乎没有人能够见到她。

就像璞一样，没人知道娈女的年龄究竟有多大，她看上去才十五六岁的样子，却有了成熟女子的风韵。娈女可以几天甚至几个月不吃一点东西，眯着眼睛在茅草堆上静坐，一坐就是很久。在如诗如画的环境中，岁月匆匆走过，年轮却迟滞下来。

不受打扰的日子最惬意，林梢月色，青天白云，既是人又是仙。不知从哪天开始，娈女有了一种从未有过的想法，她要走出去看看别人的世界。

她不再坐在屋子里久久凝视着一个地方。天上的太阳和云彩、河边的树木、茅屋四周的花朵都不再吸引她。她几次来到河边，取出划船的桨，学着人家的样子摇摇晃晃将小船划入河中。阳光底下，金鳞涌进，水花溅起，声如玉磬。玩累了，弃船上岸，蹲下身子看水面中自己的脸庞。她不明白自己因为什么落得如此状态。

昨天，娈女又来到河边。远远望见鼍头将一只手放在璞的头上好像在做着什么。娈女觉得奇怪，她从来没听说鼍头帮人做过什么好事情，心中一下不安起来。当她看见璞平静地走开，才放下心来。

她想弄清楚鼍头刚才到底做了什么，便朝河边走来。鼍头有些诧异，娈女从未主动来见他。鼍头疑心自己刚才的把戏被娈女看穿，有些心虚。

娈女越来越近，鼍头假装忙活手里的活计。

鼍头背对着娈女，太阳底下那只秃脑袋闪着青黝黝的亮光。娈女十分厌恶这只大长脑袋，此时还不得不离他更近一些。鼍头的前臂和小腿外侧生长着癞一样的花斑，娈女一见就觉得恶心。看鼍头的身躯，还不如看一具干枯的骨架。

鼍头弯着腰，从腋下看见娈女已经站在自己身后。他手里拎着一块木头，转过身来问娈女到这里干什么。

娈女看着他，不说话。

鼍头有些不耐烦，“我在跟你说话。”

娈女显得很沉稳，问：“你刚才做了什么?”

鼍头伸手揩了一把脑门上的汗，说：“我一直在忙着，你没看见?”

娈女微微一笑，“你别以为这几天我娘不在这里，你就可以胡来。”

鼍头说：“你们娘儿俩是不是闲得难受？整天和我作对!”

娈女把话说得更直接，“你刚才对璞做了什么?”

鼍头有些恼怒，“这关你什么事?”

娈女说：“就关我的事。”

鼍头看着娈女，目光阴沉而固执，“你爱咋地就咋地！反正我啥也没干!”

娈女不愿在这里耽搁时间，转身就走。

鼍头有心和娈女再多纠缠一会儿，娈女却没理他。

离开渡口，娈女没有回自己的住处。她有了一种担忧，璞可能受到了伤害。她觉得自己应该马上去找璞，看看他究竟怎么样了。

站在路口她又犹豫了，自己和璞仅仅见了一面，凭什么就去找他。如果璞什么事情也没有，见到他自己又该说些什么?

她真的很纠结。

一阵西北风刮来，荒草在她的脚下波浪一样地起伏着。远处树上的枝条在风的吹拂下摇摆着，就好像一个衰弱的老人在痛苦地翻滚、挣扎。娈女听着风从耳边刮过的声音，心也在不住地翻腾。

她有了不祥的感觉。

娈女登上荒野中的一个土丘向西望去。远远的地方，璞正慢慢地往前走。

娈女终于下了追赶他的决心，几步就从土丘上跑下来。

两人之间的距离在缩短，娈女清晰地看见璞今天走路明显有些吃力，身上像背着一件什么沉重的东西。

娈女不再羞怯，反倒觉得自己在做一件了不起的大事。到了璞能听见她声音的距离，她喊了声——“等一下。”

也许是她的声音不大，也许是璞注意力不够集中，璞一点

儿反应也没有，仍旧慢慢走自己的路。

娈女又往前追了几步，“等一等……”

璞终于感觉到背后有人在呼唤他，这才转过身来。

娈女站在璞的面前，心怦怦直跳，觉得能和这个少年站在一起是一件千载难逢的愉快事情。她仔细看着璞。

对璞来说，此时无论见到谁他都提不起精神。他的确很萎靡。

娈女更加坚信自己的判断——鼍头对璞下了毒手。一刻也不能耽搁，必须马上对他施救。

璞却不知自己已经到了强打精神的地步，他问娈女急匆匆地要去哪里。

娈女没时间跟他多说话，先叫璞坐下来。

璞正想歇一歇，腿一软，自己先坐在了地上。他似乎已经耗尽了自己全部的精力。

娈女问璞为什么这样疲惫，璞说自己昨天被蜥吓着了。

一个空灵少年，从大峡谷到胭脂渡短短的几十天就变得如此愚钝混浊，像是个颟顸的老者，只有一个词可以概括他的状态——昏聩。

娈女无法将实情告诉他，便说：“我来帮你一下。”她不待璞答应便坐在他的背后，伸出双臂，手心按上他的后背。

璞对娈女的印象不错，不管她在自己身后做什么他都能接受。

应该说回来的路上璞就有了疑惑，鼍头究竟在自己身上做了什么？自己绝不会无缘无故变得这么糟糕，鼍头一定对自己做了什么。可鼍头又的的确确是个凡人，一个撑船的凡人有什么本事对自己下手？

他想不明白，只能发呆。

娈女问璞有什么感觉，璞说自己很冷。娈女要他什么也别想，尽可能使自己静下来。

渐渐璞有了些许力气，告诉娈女他的手和脚开始温热起来。

娈女知道自己已经做了能做的一切，璞可能不再有什么危险。她停住手，转到璞的对面坐下来。

璞有了一点精神，问娈女为什么追上来救他。

娈女告诉他，鼍头对他下了狠手。

璞问娈女，鼍头为什么要这么做？

娈女说目前她还不清楚。她告诉璞，鼍头不是自己的生父，自己与他没有任何瓜葛，以后千万不要去他那里。她还问璞，从金水池来这里是为什么？

璞说他完全是因为一个人。他敞开心扉，把一切都告诉了娈女。

娈女半晌没说话。

璞心中升起一种凄凉来，说他想马上就回到金水池，心情从来没有这么强烈过。

娈女说："你现在还不能走远路，过几天再说吧！"

应该说第一次见到璞，娈女并没完全把他放在心上，只是觉得这个少年十分可亲。追赶他完全是因为鼍头，她害怕璞会被鼍头害死。而这次近距离接触，她才知道：原来自己已经放不下璞了。

娈女始终静不下来，整整一个夜晚心里都在想璞。她已经知道——这个少年的确与众不同。

第二天，快到晌午的时候，娈女又站在路口向西边张望，明知道璞不会来，可她仍抱着一种幻想。

她心中升起一种依恋，恨不得马上就能见到璞。

鼋婆遇到一件很棘手的事情。这些天鼋族不管在岸上还是水中总是受到蜥族的袭扰，鼋族苦不堪言，纷纷来找鼋婆寻求保护。

鼋婆顾不上渡口，对她来说看护好自己的家族比什么都重要。

鼍头很得意，即使蜥头不能逼迫鼋婆带上她的家族离开这条大河，起码这几天自己没了顾忌，想干什么就干什么，谁也管不着。

蜥头却不这么想，鼍头说要将鼋婆和她的家族统统赶出大河，不！是从这片土地上彻底赶出去。没了鼋族，蜥和鼍两家平分天下，大河两岸再也没有谁可以称得上霸主，地上跑的、河里游的统统进了蜥和鼍两家的粮仓。

因为璞这个麻烦没有解决，鼍头要蜥头家族率先出击，自己背后策应。除掉璞之后鼍族再与蜥族一起携手灭鼋。

一个鼍头就让鼋婆很烦心，蜥头的出现就更使她恼火。鼋婆知道蜥头并不是她的死敌，鼋族只需忍耐就能消磨掉蜥族的意志，时间一长蜥头自然懈怠。而鼍族才是鼋族真正的对头，蜥头只是鼍头请来的一个帮凶。

鼋婆听说璞来过渡口一次，鼍头好像对他动了手脚。她惦记璞，便回了渡口。

在岸边，鼋婆只见到一大堆木头，鼍头不在这里。她朝西边望去，娈女在远处的土丘上徘徊。

从来没见娈女到过那个地方，那里究竟有什么？

鼋婆望着娈女。

娈女站在土丘上一门心思往西边看。

鼋婆明白了，娈女在等璞。但让她想不到的是几天不见娈女就把璞挂在了心上，她从心底发出一声感慨——他们的缘分到了。

鼋婆离开渡口，向西走去。

没看见璞，娈女很失落。

鼋婆来到娈女近前，她浑然不觉。

“娈女，我们回去吧！”鼋婆显得很平静，像是什么也不知道似的。

娈女听见鼋婆在叫她，麻利地从土丘上下来，说：“我出来看看田野。”

鼋婆看着她，一句话也没有说。

娈女觉得自己的心思已经被看穿，一下红了脸。

鼋婆想知道这几天发生了什么，便说：“璞来过吗？”

娈女也正想把璞被鼍头暗算的事告诉她，便一五一十地讲了这几天发生的事。

鼋婆知道在并不太遥远的过去，璞和娈女曾有一面之缘。但两人对天河边上的经历都没留下记忆，因此他们的缘分很浅，在人世间也只有百日的姻缘。璞不会在胭脂渡留得太久，能不能帮助鼋族还真的不一定。而没有璞的帮助，鼋族在和鼍族的较量中很难占得上风，所以目前还没到和鼍头摊牌的时候。

娈女有些茫然，她不清楚鼍头对璞的伤害有多重，这个少年今后还有没有能力帮助鼋族。其实她并不想让璞再冒着危险去面对鼍头。

鼋婆说璞的能力不是一个鼍头能抵挡得住的，到时就知道了。

娈女半信半疑，她对璞又多了几分担心。

鼋婆说以前她曾在天河边上见过这个少年。

娈女问："这里面有什么事情发生吗？"

鼋婆告诉娈女，璞不是一个普通的少年，经常在天河边上游玩。一次海上龙子进入天河，见璞可爱，便教了他几句口诀。璞极其聪慧，慢慢悟出了其中的奥秘，一个人坐在天河边上练习，数年之后便有了很深的功力。

娈女说："我一直苦修还不如一个少年？"鼋婆说："璞比你有灵性，他修炼一天能抵上你数年，他现在两眉之间已经有了一把利剑。"

娈女简直不敢相信鼋婆说的话。她问璞当年从龙子那里学到了什么，鼋婆没有正面告诉娈女，只是说璞的悟性无人能比。

娈女心里庆幸自己居然遇到了璞这样的人。她回想起璞第一次站在自己茅屋前的样子，其实那一刻她就已经感受到了，这个少年的确给人一种非同寻常的感觉。

鼋婆似乎有些心事，看着娈女。

娈女没注意鼋婆的情绪有什么变化，她看着别处，完全沉浸在一种幸福之中。而这恰恰是鼋婆最担心的。

鼋婆觉得有些现象应该及早控制，事情出来了再去处理反受其乱。她告诉娈女，璞在胭脂渡不会停留太久，鼍头的事情一了结他很快就会离开。她期望娈女别把心思放在他的身上。况且这个少年一旦成亲就会耗损他的纯阳之气，对谁都不利。

娈女说她明白了。

鼋婆看着远处，沉吟不语。

娈女不解地望着她。

半晌，鼋婆问娈女："不知你察觉到没有，璞好像丢失了什么。"

娈女想了想，说："我看不出来。"

鼋婆自言自语："我感到他比过去少了许多灵性，在天河边上他不是这个样子。"

娈女说："或许是因为他来到凡间，身上就少带了一些东西。"

鼋婆说："不对！他来到人间已经五年，这期间一定发生了什么。"

娈女："我好像明白了，你是说他少了些灵气。"

鼋婆："正是。"

娈女："那还能找回来吗？"

鼋婆："能，帮他就是帮我们自己，但怎样才能让他相信我们呢？"

娈女："让我试试，或许他能够相信我。"

鼋婆："他应该会相信你，因为你们还有一点点的缘分。"

娈女想了半天，问鼋婆："我俩究竟是什么缘分？"

鼋婆说:“到时候你自然就知道了。”

娈女听了越发茫然，她想知道璞和她究竟是怎么回事。鼋婆却出奇地固执，就是不把真相说出来。

娈女很郁闷，眼睛看着别处，不再说话。

鼋婆想了想，说:“正是因为你们缘分很浅，所以现在我不想让你去接近他，那样对你不大好。”

娈女听了，心情还是没有好起来。

最后，鼋婆答应娈女在合适的时候会把一切都告诉她。

几天后的上午，璞又来到渡口。这次他没去找鼍头，而是直接去了娈女那里。

鼍头看璞的身影消失在稀疏的树林里，便悄悄跟了过去。

璞在娈女的茅屋前站住，他不能冒冒失失地去叫她。

上午的阳光很好，璞心情也不错，站在茅屋外面一边等娈女，一边观看起四周的景致来。

鼍头实在不明白，自己下了那么大的狠手竟然奈何他不得。按常理，此时璞即使不死也得奄奄一息。可他今天精神十足，这哪像是受了伤害？一定是娈女，是娈女坏了自己的大事。

鼍头扭头就走。

回到渡口，鼍头坐在船旁默默地发狠。

蜥头简直就是个废物，别说咬璞一口，连他一根汗毛都没碰着，就是对鼋族他也下不了死手。还有璞，几天没见就和娈女搞到一起去了。鼍头越想越窝囊。

看来还得自己动手，靠谁都不行。

璞站在娈女的茅屋外已经好半天了，就是不见娈女出来，心想娈女一定是出去了，便慢慢往回走去。

其实，娈女就在茅屋里面，这个少年的一举一动都在她的视野里。娈女只是想弄清璞究竟有多深的功力。

直到璞要离去时，娈女这才相信璞的确是少了些灵性，按常理他是应该知道娈女就在茅屋里面的。

娈女一下把门推开。

璞听见背后的声音，停了下来。

娈女冲着璞说："既然来了，为何不想见我？"

璞回过身，看着娈女："我以为你出去了。"

娈女："你应该知道我就在屋子里。"

璞想了想，说："可我确实没想到。"

"没想到就对了。"娈女说。

璞问："为什么？"

娈女说："这得问你自己。"

璞看着娈女，心里一动。

两个人在茅屋外的空地上坐下来。璞说他感谢那天娈女出手相救。娈女问璞为何看不出鼍头的真实意图。璞告诉娈女，他自从离开大峡谷，头脑中就塞满了杂七杂八的东西，无论如何也清不出去，有些时候根本没法儿思考，这种现象是过去从未有过的。

娈女告诉璞，那是因为他丢失了灵气，外物乘虚而入，头脑就不再像过去那样空灵。

璞有些沮丧。娈女说得一点没错，那些灵气是自己很多很多年一点一点炼就的，千百年的功夫说失去就失去了。

娈女说重新修炼吧！还有到达那个境界的时候。璞低着头，心情坏到了极点。

半晌，璞抬起头问娈女：“有没有一个办法能把丢失的东西再找回来？”

娈女说：“我没有办法，婆婆或许有。”

璞好像看到了希望，说：“我去求婆婆，帮帮我……”

娈女说：“婆婆凭什么会帮助你？”

璞很自信，说：“婆婆一定会帮助我，就像你一样。”

娈女说：“试试看吧！”

鼍头垂头呆呆看着地上的一堆木头，耳边传来了人走路的声音。鼍头抬头看去，鼋婆来到他的面前。

鼋婆看上去一点烦恼也没有，面上还带着喜色。鼍头不愿搭理鼋婆，转身面向大河。

这对生死冤家扮成的夫妻，看上去真的有模有样。

“头儿想什么呢？”鼋婆问。

鼍头说：“我正琢磨一个少男和一个少女在一起能干些什么。”

鼋婆意识到了什么，转到鼍头对面，说：“我常常想，你的心啥时才能干净一些？”

鼍头微微一笑，“我的心不干净吗？”

鼋婆有些恼怒，“你的心要是干净就不会做那些伤天害理的事情。”

鼍头摸了摸自己的光头，“我呀！早就改邪归正喽。”

鼋婆更加反感，想再数落他一下，但忍住了。

路口那边璞朝这里走来，他的身后跟着娈女。

鼍头“嘿嘿”地笑，鼋婆鼻子里哼了一声算是对鼍头的报复。

璞和娈女站在他们面前。璞先弯下腰朝鼋婆行礼，又来到鼍头面前，规规矩矩地行了礼。

鼍头露出一丝笑容，问璞：“几天前你可不是这样子的，今天这是怎么了？”

璞认真地说：“你为我劳神费力，理应致谢。”

鼍头说：“应该的……那是应该的……”

鼋婆见此情势恐生变故，对娈女说：“璞今天来这里不像是要过河，他是你的客人，你就带他转转去吧！”

娈女明白鼋婆的意思，对璞说她正想到别处看看，便将璞引开。

鼍头望着他俩的背影，半天没说话。

鼋婆不想让璞过多地和鼍头接触，故意抱怨娈女不该带璞到这里。鼍头皱着眉，似乎根本就没听见鼋婆在说什么。他心里一遍遍地想：璞是不是真的百毒不侵？

鼍头不想再和鼋婆纠缠，看看四下没有别人，一个跟头扎进水底。

鼋婆望着水面一圈圈扩散的涟漪，微微一笑。

鼍头刚回到居所，女鼍就上前对他说，刚才蜥头来过，说是想要见他。

鼍头没敢耽搁，风尘仆仆赶到蜥头的住处。

渡口只剩下鼋婆自己，她心里默默唤了声娈女。娈女听见了鼋婆在叫她，对璞说：“我们该去渡口了。”

璞说：“刚才婆婆叫我们离开，怎么又要回去？”娈女说：“是母亲在呼唤我们。”

两人重新来到渡口，鼋婆盘腿坐在地上，问璞：“你又回来干什么？”

璞有些诧异，看了娈女一眼。

娈女偷偷拉了他一把，璞会意，跪下来，求鼋婆帮他找回丢失的灵气。

鼋婆对璞说：“你且坐下，待我看看你究竟失去了什么。”

璞在鼋婆对面坐下，鼋婆看了一会儿璞的印堂，说：“我都知道了。”她叫璞静下来什么也不要想，自己这就给他找回失去的东西。

璞闭上眼睛让自己的神识安静下来，娈女站在一边看着四周。

鼋婆眼睛微闭，双臂上举，两手在头顶上方慢慢划过，然后手心向下按在璞的头顶上。

璞顿觉神清气爽，头脑中的杂物一下子消失了。

鼋婆收回双手对璞说：“你被一条生灵吸去的东西再也找不回来了，我只能在天上收集一些给你，一点不多一点不少。”

璞睁开双眼，觉得自己和过去一样的空灵。

娈女来到鼋婆身边，问她给璞收集了什么东西？

鼋婆说如果是个女子，最好是在夜里给她收集月华；璞是个少年，自然是在白天收集日精。

璞抬头看看太阳，已经是正午。他跪下再次谢过婆婆。

鼋婆告诉璞，那天他在荒野上遇见的蜥是一个恶毒的精灵，叫蜥头。今后遇上一定要小心谨慎。

璞说他记下了。

鼋婆还告诉璞，大峡谷那里有条生灵因为没有得到它想要的东西耿耿于怀，璞终日为怨毒缠绕，灵性自然受损，如果有机会璞当再去一次大峡谷与其化解前嫌。这样不但对璞好，而且对那条生灵也有好处。

璞说他会的。

鼋婆说今天她能为璞做的就只有这些了。

璞站起向鼋婆告辞，鼋婆看着娈女和璞一起离开。

这天夜里，璞走出山洞，在洞口的空地上站了站，抬头看了一会儿天空，便回洞去了。

拥尘躺在干草铺上已经睡着，璞用石头将洞口堵好，在拥尘的旁边坐下来。

已经是午夜，璞一点睡意也没有。他闭上眼睛，很快就使自己静了下来。这时璞头脑最为空灵，他试着把来到胭脂渡前后的事情梳理一下。

看似纷繁复杂，但璞今天有能力理出头绪。

飏的到来几乎让璞完全放弃了对瑶的期待。璞离开金水池看似去乐山寻找瑶，那只不过是璞想借此排遣自己五年来苦苦等待的烦恼，璞并不相信瑶会出现在乐山。璞喜欢在晴朗的夜晚看天上的星星，今天看得格外认真，得出的答案是瑶不在乐山。

既然瑶不在乐山，自己还要去乐山干什么？

还有仝姐，她就在自己身边，然而自己竟一点儿都没有察

觉。全姐的功夫非常人能比，如果有一天自己再回金水池又该怎样面对她？

他又想到了鼍头一家。最初璞并未觉得这个船家有什么特别之处，即使鼍头让他用超乎寻常的力气抬起船尾都未引起他的注意。他只隐约感到这个船家有些奇怪，但这想法也是短暂的一瞬，很快就过去了。直至第二天鼍头再次对他下手，他才有了警觉。鼍头不是船家，或许是一个极其恶毒的精灵。但璞还是过于自信，低估了鼍头。幸亏娈女看出端倪施以援手止住了一场灾难。娈女为什么要救自己？仅仅是因为鼋鼍两家的矛盾吗？当然不全是。此刻璞已经看到娈女内心那个隐藏着的秘密。

自己是因为瑶才来到金水池，为什么在这里偏偏遇见娈女，命运怎么会做出这样的安排？

璞进一步问自己：如果瑶真的没有来，自己是不是可以接受娈女？

他低着头，苦苦思索着。

娈女的及时出现让璞化险为夷，金水池也拯救了璞，那个夜晚池水彻底荡涤了鼍头的血气。

还有蜥头，那次路上的遭遇看似偶然，其实未必，蜥头和鼍头都加害自己，这里一定有着某种关联。娈女也只是把鼋和鼍两家的事情告诉了璞，她要璞留下来帮助鼋族。

璞无法拒绝娈女的要求，生死关头娈女施以援手，他必须要报答。可如何对付鼍头，璞还没有一个好主意。璞让自己的思绪停住，渐渐进入虚空状态。但另外一种非同寻常的意识袭扰了他。

璞觉察到了异常，迅速清醒过来。

他睁开眼睛透过洞口的石缝向外面看去。璞看见两只光点。

璞一点也不觉得害怕，静静地看着它。

两只光点一下消失了，洞口处传来轻轻挪动石头的声音。

璞站了起来，悄悄来到洞口。

堵住洞口的石头在轻轻地摇动，璞蹲下来，他闻到了一股腥气。他已经知道自己曾经遭遇的杀手到了。

一块石头被搬开，洞口现出一道缝隙。璞憋足一口气，从缝隙中吹了出去。

一阵安静。

不一会儿，洞口外又有了更大的动静，璞甚至听见了蜥头粗重的喘气声。璞再次吹出一口气。这一次外面完全没了动静。

璞小心地挪动石头，生怕粘上蜥的污秽。

直觉告诉他杀手远去了，璞将洞口重新堵好，回到自己的铺上。

那天夜里，蜥头去了璞住的山洞，他的身后跟着鼍头。

按照蜥头和鼍头的计划，午夜以后璞和他身边的那个老头儿一定睡着了，只要轻轻搬开洞口的石头进入洞里，鼍头和蜥头一齐出手定会置璞于死地。

蜥头想不到的是璞不但先发现了他，而且还对他出了重手，幸亏洞口外面空旷，蜥头及时躲开了。蜥头往后退了一小段距离冲着洞口发狠，他根本抵御不住天河少年的纯阳之气，但他还是把毒液留在了洞口的石头上。

鼍头爬过来问他怎么了？蜥头喘着气一言不发。鼍头知道蜥头败下阵来心中十分懊恼，在一边冷眼看着他。

蜥头缓了好一会儿，说自己运气太差，或许今夜璞有人相助。

鼍头抱怨蜥头笨手笨脚坏了大事。蜥头有些恼怒，说自己只能帮他到这里了。蜥头转身就往回走，鼍头眼睁睁看着他离去却无可奈何。

鼍头并不死心，仍在山洞外徘徊，等待下手的机会。

蜥头走出山口，揉了揉自己的鼻子，使劲儿打了两个喷嚏，连叫了几声晦气。他回头看了看，鼍头还没有跟上来，骂了句“不知死活的家伙”。

第二天，蜥头派了年幼的小蜥去渡口打探消息。小蜥很快回来，说鼍头昨夜伤了一只胳膊，正躲在家里疗伤。

蜥头不相信。这时又有一头小蜥回来说鼍族正在四处寻找解毒的草药，蜥头听了这消息暗自高兴。

鼍头并不是真的受伤，他更没碰到蜥头涂在石头上的毒液。放出这样的消息完全是给蜥头听的。白天鼍头在蜥头的住处把璞对鼍族乃至蜥族的害处渲染一番。蜥头明白鼍头的真实意图无非就是想借自己的手除掉璞，不过蜥头还是清楚自己已经与璞成了冤家对头，早晚璞都要找上门来，现在答应鼍头的请求也算是送了个顺水人情。两家合伙儿共同对付一个敌手也不是坏事。

但蜥头还是说自己不打算再与璞为敌，息事宁人是蜥族最好的选择。

鼍头说恐怕璞已经把蜥头一家子当成了死敌，现在息事宁人为时已晚，蜥头帮助他就是帮助自己。

好说歹说蜥头才答应鼍头再去帮他这一回。

鼍头还是建议由蜥头自己出手，蜥头听了坚决不同意。说这次必须两家联手一起出动才有胜算。鼍头耐不住蜥头的固执，同意一起去璞的住处。

当晚，蜥头抵挡不住璞的真阳之气率先败下阵来。蜥头将满腔的怒火全都移到鼍头身上，那一刻便将很大一口黏涎喷涂在洞口的石头上。心想不管是鼍头还是璞，反正粘在谁的身子上谁都得倒霉。蜥头没把这件事告诉鼍头。他知道鼍头今夜不会善罢甘休，对他来说鼍头因此死掉也是一件求之不得的大好事，所以他率先离开。

鼍头当时还真不知道蜥头这种恶毒的心思，盘桓了好半天后一点点向洞口接近，当他伸手触到洞口上的石头时，鼍头心里一动，蜥头是个阴毒的家伙，不会就这样轻易认输，一定……他嗅了嗅面前石头的气息，果然还有些腥气。他心里暗暗骂道："遭雷劈的腌臢，你也忒歹毒了。"

鼍头转身就走，心里盘算着该怎样对待这个阴险的家伙。

蜥头倒是很得意，他盼着接下来会有更精彩的事情发生。他一连派出几个小蜥出去打探消息，鼍族那里反倒平静下来。

两天后，鼍头又出现在了渡口。

蜥头坐不住了，鼍头不死毕竟还得相处。

他亲自来到渡口看望鼍头。

蜥头来到渡口时，鼍头躺在船底上两眼眯缝着看天。蜥头笨拙的身子靠近船帮，鼍头这才睁开眼睛。

蜥头说那天晚上璞不知下了什么死手，今天自个儿还有些头晕，因为惦记老友才勉强挨了过来。

鼍头皱着眉说自个儿势单力孤，趴在洞口一直等到天亮，还是没能找到下手的机会。

远处，鼋婆朝这边走来。

鼍头对蜥头说："对头来了。"蜥头不愿见鼋婆，掉头想走开。

鼋婆迎面将蜥头拦下，"蜥头今儿个咋有暇到我这里来？"

蜥头指着鼍头，说："今儿早晨打这里路过，见你家头儿在这里修船就过来瞧瞧。"

鼋婆说："船可修好？"

鼍头接过话来，"那船好好的，你不知道？"

鼋婆看着鼍头，"这么说你是准备下河了？"

鼍头"嘿嘿"一笑，"那是。"他叫过蜥头，一齐用力将船翻转过来。

蜥头听见背后有脚步声，回头一看，璞已经站在了他的背后。蜥头有些心惊，这个少年是啥时从背后冒出来的？

璞手里拎着个麻布口袋，像是要远行的样子。看见鼍头身边站着一个腌臜老头儿，心想："一定是蜥头，他是这个样子的？"他佯作不知，问鼍头："这位老人是谁？"

鼍头赶紧遮掩，说："前边那个部落的一个头儿，路过这里。"

蜥头和鼍头大眼瞪小眼，两个谁也弄不清璞今天来这里的真实目的。璞今天是要给鼍头一个教训，要让他知道什么事情能做什么事情不能做。昨天夜里璞、鼋婆和娈女在一起商量了好大一会儿，娈女担心璞一个人对付不了鼍头，坚持要来渡口。鼋婆说那样会引起鼍头的警觉，硬是把娈女留在了茅屋里。鼋婆没想到的是在这里偏偏又遇见了蜥头，她不知道璞有没有能力对付这两个魔头，后悔刚才不该把蜥头拦下。

璞看了一眼鼋婆，显得很自信。鼋婆稍稍放下心来。

蜥头眼珠在眼眶里骨碌骨碌地转着，不知道接下来这里会有什么事情发生。

鼍头干笑几声，说："璞今日可要过河？"

璞将手里的麻布口袋举起："正是！这是粟米，你收好，请送我过去吧！"

鼍头说："粟米今天就不要了。我和这个头儿刚把船底修好正想下河，顺便带上你吧！"

蜥头听他这么说，连连摇手："还是你们两个去吧！我就不打扰了。"

见蜥头想溜，鼍头一把将他拉住，说："今儿个天气好，咱们一起下河走走。"蜥头心里骂鼍头临死还要拉上个垫背的，好歹就是不肯答应。

鼋婆冷眼看着鼍头和蜥头在岸边拉扯。

璞在蜥头和鼍头争执的时候，将独木小船拖入水中。鼍头今天确实拼了，用力将蜥拉进船舱，然后叫璞自己去取船桨。

璞从岸边的土堆上拔出船桨转身回来，鼍头和蜥头已经稳稳当当坐在船头和船尾，只把中间一小块地方留给璞。

璞将船桨递给鼍头后蹚水上船，坐在鼍头和蜥头的中间。

鼍头微微一笑，“开船了。”

鼋婆站在岸边开始为璞担心起来。

鼍头让璞坐稳，然后轻轻划桨，小船慢慢向河中心驶去。趁没人注意，鼋婆一头扎进水里。

小船吃水很深，稍有晃动就有沉没的危险。鼍头一边划桨一边朝岸上看，鼋婆早就没了身影。

鼍头突然大叫：“不好！沉船了。”蜥头一下跳起，伸手将璞抓住。

璞咬破舌尖，一口鲜血直喷蜥头面门，蜥头“啊呀”一声仰身跌入水中。鼍头扔掉船桨向璞扑来，璞双手接住，小船一阵摇晃。

璞被鼍头按在船上动弹不得，鼍头咬牙切齿，两手死死扼住璞的喉咙。一阵水花掀起，鼋婆跃出水面，从背后抓住鼍头。

鼍头身子后仰，两手松开。璞跳起来挥起右掌冲鼍头光秃秃的脑袋用力一击，鼍头昏死过去。璞又在鼍头的心口使劲儿抓了三把。

鼋婆跳上船，双手提起鼍头将他丢入水中。鼍头的两条胳膊在水里乱抓一气，一会儿就没了踪影。

璞重新坐好。鼋婆捞回船桨向岸边划去。

鼋婆问璞：“拿到了吗？”

璞右手紧紧攥着，说：“都在我手里了。”

鼋婆这才放下心来，问璞：“他们两个伤得怎样？”

璞说：“至少要过十年才能复原。”

鼋婆微微一笑，说她真的有些担心，怕璞自己对付不了蜥头和鼍头两个。

璞说因为有了婆婆的帮助今天才敢这么做。

一会儿，船划到了岸边。鼋婆告诉璞赶紧上岸去找娈女处理手上的东西。

璞爬上岸，朝娈女茅屋前的树林走去。

鼋婆自己将小船拖上岸，然后站在河滩上静静地看着河面。

大河出奇地平静，鼋婆长舒了一口气。

娈女站在茅屋前的空地上，正朝路口张望。看见璞的身影她才放下心来。

璞走到近前和娈女打声招呼率先钻进茅屋，娈女随后跟了进去。

娈女问璞手里攥着的是什么，璞让她拿一只瓦罐来。娈女从角落里提起一只盛水的瓦罐放在璞面前，璞看了看瓦罐里面只有一点水，便将攥着的那只手伸进瓦罐后松开，接着又到外面找来一块青石放在上面。一切处置停当，璞松了口气。接下来他把在独木船上发生的事跟娈女讲了一遍。

娈女关心的还是璞究竟把什么放在了自己盛水的瓦罐里。璞说那是鼍头心里的恶毒，已经放进了瓦罐。娈女好奇，揭去瓦罐上的青石去看，除了很少的一点水，里面什么也没有。

娈女问："在哪里？"

璞说："就在里面，你看不见。"

娈女相信璞的话，仍旧把罐口用青石盖好，问："你打算怎么处理它？"

璞说："就放在你这里。"

娈女沉吟不语。

“你在想什么？”璞问。

娈女回答说：“我讨厌瓦罐里的东西，你还是把它拿走吧！我有些怕。”

璞说：“那我留下来陪着你。”

娈女一听急了，“不行！你不能留下。”这个带着童真气息的女子时刻不忘母亲的教诲，简单得可爱。

璞自己端着瓦罐来找拥尘。

拥尘正在往炭窑里装木头，看见璞手里的瓦罐问他做什么。璞说他要将瓦罐放在炭窑里重新烧一次。拥尘说恐怕是要坏掉的。

璞说坏掉也没关系。他将瓦罐稳稳地放在炭窑的底部，这里是火烧得最旺的地方。随后拥尘生起了火。璞瞪眼看着炭窑口，直到窑顶冒出滚滚浓烟。

拥尘不知道璞为什么要这么做，璞就站在他身边，他也懒得问，年轻人的事拥尘从来不上心。

过了一会儿，璞觉得瓦罐里的东西已经烧得差不多，这才离开炭窑。

受伤的蜥头仰面朝天在河水中任意漂流。一个月后蜥头漂进一条更大的河流，最后又流进大海，他再也没有回来。

鼍头落水后，很快就没了踪影。鼍族子孙们怕鼍头被激流卷走，水上水下昼夜寻找。一天后，在大河下游很远的地方，鼍头被河水冲到岸边，鼍族子孙发现后将他拖进了草丛。鼍头用尽力气自己爬进一处山洞养伤，疲倦和内伤让鼍头昏睡了一个月。鼍族子孙们留下女鼍照看鼍头后各自散去，十几年后鼍头才恢复了元气。

鼍头从此远离了这条大河，他的子孙仍旧留在那里，但已没了往日的威风。胭脂渡没有了船家，也没有了渔婆，这一家子就此消失了。从受伤那天起鼍头就有了改变，不想再做残害生灵的事情，也不愿提起过去，当然他也不嫉恨璞。

璞显得很平静，认为自己做了一件该做的事情，这里已经不再需要他了。

一个晴朗的早晨，璞来到胭脂渡向娈女告别。

茅屋里，娈女问璞要去哪里，璞说他要回金水池。娈女说她知道会有这么一天，自己早就做好了准备。璞问：做了什么准备？

娈女告诉璞鼋婆已经答应了她的请求，今天她就可以嫁给璞。

璞有些恍惚，自己来到金水池就是为了一个人——瑶。如今……

娈女告诉璞，自己和璞原本就有这么一场姻缘，时候到了。

璞一脸的讶然，娈女说：“你不记得了？很久很久以前我去菊坡从筱园门口经过，走过去时你一直在背后看着我。”

璞认真回想着，一个场景渐渐清晰起来：

一个春日午后，璞一个人坐在筱园门口的石凳上，他不知道如何打发这个漫长而寂寞的下午。天河边，一个黄衣女子朝

他这边走来。

璞天性害羞不敢看她，站起身背对着黄衣女子假装要回到园子里面去。但他并没有移动脚步。

黄衣女子经过璞身边时，看了他一眼。

偏偏就在这时候璞转身来看黄衣女子。四目相对，两人都有些尴尬。

璞红了脸，低头看着自己脚下。

黄衣女子慢慢朝前走去。

璞偷偷看着黄衣女子，想弄清她去了哪里。

黄衣女子走出不远，又回头看了璞一眼，发现璞仍在看她。黄衣女子有些心慌，但还是选择了离开。

她一点儿也不反感，甚至喜欢上了这个少年。

璞不仅仅是喜欢，黄衣女子回眸一望撩起了他的爱意。他冲着黄衣女子的背影，心中不住地祈祷：但愿以后还能遇见她，并且和她相守在一起。

黄衣女子感觉到了，心中升起一丝眷恋。

因为心生爱恋，尘世间他们有了短暂的缘分。

前世今生。

此刻，璞正经历一场心灵的挣扎。直到现在仍旧没有瑶到来的迹象，璞觉得自己就像一只失群的鸟，寂寞而清冷地守在金水池旁。瑶已经失约，五年的等待化为泡影，璞感到了从未有过的空虚、从未有过的落寞。

知道了和娈女的过去，璞对瑶的思恋也在一点点淡去。

璞看着娈女，娈女也正看着他，神情迷离恍惚。

两人谁都不说话，温情却从他们各自的心底升起。

璞伸手拉着娈女，两人来到外面。

娈女指着茅屋四周的干柴说，从今天起已经不需要它了。璞说盖起这样一座茅屋很不容易，烧掉可惜了。

娈女说这里已经不再有娈女，也不应该有这座茅屋。她将璞引到一处空地，搬开几块青石将干柴放在火种上轻轻吹了吹，很快干柴上就冒出了一股浓烟。

娈女将燃烧的干柴移到茅屋前，不一会儿烈焰就将茅屋彻底吞噬。

璞挽起娈女的手，两人一起向渡口那边走去。

鼋婆正站在那里等着他们。

璞有些紧张，与第一次见到鼋婆时的感觉大不一样。他硬着头皮叫了一声“婆婆吉祥”。

鼋婆冲他笑了笑。

璞拉着娈女在鼋婆面前跪下，两人一齐给鼋婆叩头。

鼋婆要娈女记住：四个月圆之夜前一定要回到这里。

璞十分不解，问鼋婆原因，鼋婆没有回答他。

|第六章| 砀 山

早晨起来，天气晴好，瑶和琪告别首领上路了。

首领担心她们，派人将她们送到山脚下。部落的人回去了，瑶和琪立刻不安起来。但她俩都装出信心十足的样子，生怕被对方看出来。瑶提起精神踩着乱石走在前面，琪跟在她的身后。

她们谁也不说话，小心翼翼地往前行进，眼睛看着前方，耳朵听着身后的动静。

瑶双手拨开横在眼前的荆棘，透过树木的空隙寻找前进的路。她心里一遍遍地祈祷：但愿我俩能够平安翻越脚下这座大山。

正像她期盼的那样，崎岖蜿蜒的山径没有丝毫的惊悚，烟雾轻笼的林间处处是婉转啁啾的鸟鸣。

大约快到中午的时候，她们爬上了山顶。瑶的紧张稍稍有些放松。两人站在山顶向下望去，前方藤蔓缠绕，枫松相间，依旧无路可行。徐徐的山风刮过林木发出呼啸声，其他什么声音也没有。人迹罕至的砀山出奇地寂静，在这寂静中却又隐约透着一股巫气。

瑶和琪在一块平整的石头上坐下歇息，一个上午的攀爬几乎耗尽了她俩的体力。

琪有些口渴，站起来向四周张望，希望什么地方能够找到泉水。瑶说她们这一路都没看见水流，也许砀山上面根本就没有水。

琪很失望，从袖子里拿出葫芦，说："早知道这样还不如在山下把它挖开盛点水上来。"

瑶要过葫芦，拿在手上看了又看，说："这可是个宝贝，用它盛水太可惜了。"她把葫芦又交给琪。

瑶本想再坐一会儿，忽然心中又想起那天的雾气。那天的天气也和今天一样晴朗，异常却突然发生。

瑶立刻有了一个念头：尽快下山，越快越好。

琪是很相信瑶的，她把手里的葫芦藏好，对瑶说："这回我走在前面。"

刚刚走出几步，瑶就觉得有些不对劲儿，似乎有一种看不见的东西正在她们周围集聚，而且越来越多。瑶有些压抑，冲身前的琪说："你感觉到没有？这里似乎有些压抑。"

琪正专心寻找空地下山，并没细心体会瑶这句话的意思，说："山上山下的感觉也许就是不一样。"

说话时，瑶感到自己正在被一种力量束缚，每向前走一步都很困难。她慢下来，和琪有了一小段距离。

琪发现瑶没跟上，转身看她。

瑶站在原地不动。

琪心中一紧，瑶是怎么了？

瑶站在那里一动不能动，她感受到了一种压迫，让她无法迈步。

琪奔过来，拉住瑶，“你怎么了？”

瑶勉强说出话来，“我好像走不了。”

琪立刻反应过来，她们已经遇上了麻烦。她一下有了主意，在瑶的身前蹲下来，将瑶背上。

琪已经顾不上害怕，背着瑶，摇摇晃晃往山下走去。

瑶趴在琪的背上依然能感到那种束缚，并且越来越重，自己就像被绳索紧紧地捆了起来。

琪背着瑶走出很久，再坚持一会儿就可以离开砀山，离开砀山瑶就会好起来。她不停地和瑶说话，她很害怕瑶坚持不到山下。

瑶的声音越来越弱，她似乎已经失去知觉。琪一阵悲伤，大声地哭起来。她终于坚持不住，两人扑倒在地。

琪急忙爬起去看瑶，瑶眼睛微闭，还剩下一口气。琪再也控制不住自己，抱着瑶，号啕大哭。

瑶被她的哭声惊醒，用微弱的声音说：“去找璞——”

琪一边哭泣一边点头，“我明白，等下了山，我就去。”

瑶又闭上了眼睛。

“去找璞——”琪仿佛听到了一种召唤，她重新背起瑶。

她们终于到了山脚，穿过一片树林，琪隐约看见远处有了道路。

太阳偏西时，她们看见一处茅屋。琪把瑶放下，自己两腿发软，一下坐在了地上。

琪看见几个模糊的人影向她们这边走来，接着她又听见了男人女人说话的声音。男人女人们围着瑶和琪，问她们怎么了？琪庆幸她们终于被发现了。在使出了太多力气后，琪已经说不出话了。

人们很快弄明白了她俩的处境，由两个男人将她俩背回部落。

瑶和琪躺在干草铺上，人们又给她俩喂了几口米汤。

瑶依旧昏昏沉沉，琪倒在一边一动不动。

部落里的首领听说有两个年轻的女子昏迷不醒，派人叫来巫祝为她俩驱邪。茅屋外面集聚了好多人，巫祝围着火堆又蹦又跳，祈祷瑶和琪能很快地好起来。

琪听着茅屋外面的动静，希望巫祝的魔力能使瑶马上清醒过来。

巫祝是个男人，个子在整个部落里算是最高的，他一手握着竹筒一手攥着木槌不住地敲打，围着火堆又蹦又跳，嘴里还嘟嘟囔囔说个不停。最后，几乎所有男人女人也都学着他的样子在火堆旁又唱又跳。

火渐渐暗了下去，折腾累了的人们坐下来看着巫祝。巫祝停下敲打，对一旁的女首领说，这两个女人是神送给部落的礼物，路上染了邪气，很快就会好起来。

首领听了十分高兴，立刻安排部落里的男人女人明天全都出去狩猎，用抓获的野物祭神。巫祝离开后首领来到茅屋告诉琪："你们俩是神送过来的，明天一定会好起来，以后你们就是这个部落的人，安心地留在这里。"

琪的心思全都在瑶的身上，首领的话她一点儿都没听

进去。

整整一个夜晚，琪伏在瑶的身边。黑暗中她将耳朵贴近瑶的鼻子去听她的呼吸声，除此之外她一点办法也没有。

天快亮的时候，瑶还是没清醒过来。但她伸出一只手将琪紧紧抓住，不住地流泪。琪心中十分凄楚，陪她一起哭出声来。

琪明白瑶的意思，要她去找璞。

上午，首领带着巫祝来见瑶和琪。首领告诉琪，瑶中邪很深，需要立刻为她驱邪。琪尽管万分不愿意，但已无法拒绝。她问巫祝如何为瑶驱邪。巫祝说要把瑶衣服脱光用燃着的艾条炙烤身子。琪觉得心房被什么东西猛烈撞击了一下，忽地红了脸，坚持不让脱光瑶的衣服。巫祝说只有这种方法才能让瑶活下来。见琪这里通不过，巫祝又想出一个主意，用藤条抽打瑶。琪急了，再也不肯要巫祝为瑶驱邪。首领和巫祝只好离开。

琪不知道瑶什么时候才能好起来，显然现在想离开部落已经不可能。而巫祝又成了她们的麻烦。自己已经很难保护瑶，此时去金水池，瑶怎么办？

可瑶要自己去金水池找璞，她一定是对的！瑶危在旦夕，不能坐以待毙。

自己什么时候离开呢？看着瑶，琪十分为难。

殇垂头坐在砀山的深潭边，极度地落寞。

自从现身世上那天起，殇自己都记不得过了多少岁月，集聚十种恶毒冰冷的躯体游荡在世上，没有亲人和朋友，没有温暖与快乐。无论白天黑夜、晴朗阴晦，无论悬崖浪涛、鸟兽草木，殇看什么都不顺，随时会把怨气抛撒出去。

没有任何生灵喜欢殇，殇到哪里它们都避之唯恐不及。殇苦闷极了，一度躲藏起来，然而越是躲藏，殇就越痛苦。他居无定所，更多时候是游荡在大山深处，浓荫遮蔽的林木下，藤葛缠绕的荆棘中，随便一卧便是数月，这是他的习性。

殇发现自己的身体飘散开去又重新集聚，随心所欲。他可以去任何一个他想去的地方，无碍无阻。这种不可思议的本领让他感到了雄壮，仿佛自己原本就是一个无所不能的神圣。

漆黑的夜空下，没人能够看见殇，殇为所欲为，没有谁能够阻止。

后来的一场荒火彻底摧毁了殇的自信。

春天，山中刮起干燥的风。殇游荡够了，躺在密林深处。大火毫无征兆地从山下燃起，殇坚信自己水火不侵，从未意识到灾难已经来到眼前。

殇悠闲地闭上眼睛，嘴角挂着笑。

四面八方噼噼啪啪的声音越来越近，殇感觉到了一股热浪，他睁开眼睛，滚滚浓烟已经遮住头顶上的天。

殇从未有过寒冷和炎热的记忆，火是他在世上第一次的炎热经历。殇明显感到了不适，他觉得自己的躯体在一点点消散，然而他根本无法阻止。

在本能的驱使下殇选择了逃跑。用不着寻找道路，殇向空中飘去，但热浪仍旧炙烤着他。

殇终于逃了出去。重新集聚后身子比原来小了一半。

他陷入无尽的空洞与迷茫之中，失落与烦恼一齐向他袭来。他第一次对自己产生了怀疑。

殇对着夜空大声呼喊：我是谁——

没有回响。

殇难过地流下泪水。他发誓一定要让自己改变，变成一个完美的生灵，让这个世上所有的生灵都喜欢他。

飞鸟和走兽仍然躲着他。殇看见了荒野上的茅屋，那里面走出一群又一群的男人和女人。

殇要像他们那样，像他们那样地活着。

他试图接近他们，男人女人们照样不喜欢他。

殇认为自己原本就不属于这个尘世，应该到茫茫无尽的黑暗的虚空中找回自己的过去。

殇一点点寻找自己最初的记忆。

他只记得自己是在悬崖边跌下去的。跌在崖下的乱石滩上，奇怪的是他身上哪儿也没有跌坏，只是吓了一跳。殇定了定神，爬到崖上发呆。

渐渐地，他有了情绪和思维，还知道自己有了一个名字——殇。

自己究竟是怎样跌下悬崖的，跌下悬崖之前自己在哪里？殇一点记忆也没有，只是觉得很憋闷，心中满是怨气。

一天，殇出发了，去寻找那个让他来到世上的悬崖。

几十年过去了，殇走了很多地方还是没能找到，他的信心已经消失殆尽。

他仍旧到处游荡。

一天，殇来到砀山脚下。他心中又升起了希望，向山上荡去。

一道瀑布挂在半山腰处，殇喜欢水汽，直奔瀑布。

瀑布的底下是一处深潭。殇落在深潭边，怔怔地看着水面。

幽静的潭水像是睡熟了，正做着自己的梦。殇怕打扰它的宁静，悄悄在它的旁边坐下。他学着潭水的样子，把岁月的焦虑失落和痛苦统统压在心底最深处，慢慢闭上眼睛。

他感到潭水正在熟睡中醒来，而且正在与自己对话。潭水是有声音的，诉说着一个故事：

遥远的上古，十位佛子为了争天恶斗不止，怨气聚集形成一物——殇。

佛子们为了利益相互恶斗，没有一位佛子在这场较量中妥协让步，任由戾气在天地间漂流荼毒万物。佛子们争到了各自的位子，安定下来。殇被遗在尘世，飘忽不定。

殇不知道自己从哪里来，也不知自己要往哪里去。从来没有过快乐，只有满腔的怒火和怨气。殇憋得难受，他要把自己的痛苦和委屈发泄出去。他不时地喊叫……

每一次喊叫都伴随着一次灾难的播撒，受伤害的是那些无辜的生灵。

殇必须得到人的帮助才能获得重生……

深潭又睡着了，不再和殇说话。

殇睁开眼睛。

原来自己只是一场祸乱的遗毒和余孽，做废物都不配。

殇极度痛苦。

他站了起来，向砀山的最高处飘去。

殇决定不再继续游荡，砀山的深潭给了他启示，要他留下来。但这只是殇迷失中浅薄的憬悟，不是真的明心见性，而且也不端正。

岁月悠悠，苦恼依旧。殇控制不住自己的情绪，砀山又起了雾气。那天，他看见了远处天空飘过两位仙子……

殇好像看见了重生的希望，或许只有这两位仙子能够帮助自己，可殇没机会接近她们。当两位仙子踏上砀山，殇再一次错过了和她们见面的机会，只能痛苦地看着两位仙子从自己身边走过。

首领和巫祝走后，琪像跌进了地洞里。她无可奈何地看着瑶。瑶躺在干草铺上，依旧那么安静。琪下决心夜里离开部落。

这是个两难的计划。

在砀山顶上，瑶告诉琪这里离金水池已经不远了。她们已经看见了那道绵延起伏的山峦。琪想从部落这里去金水池起码还要两个时辰。

琪不能白天离开部落，瑶需要她的保护，巫祝说不定什么时候就会回来（她十分讨厌他），自己只能等到夜里部落所有人安定后才能离开。

已经是午夜时分。

瑶一直在昏睡。琪两手捧着她的脸，贴着她的耳朵说：

“瑶，一会儿我就去金水池找璞。”

瑶似乎听见了琪的话，眨了眨眼睛，她长长的睫毛碰到了琪的脸。

琪还是感到不十分真切，又小声对瑶说：“瑶！我很快就会回来的。”

这次，瑶“哼”了一声。

琪确信瑶有了知觉，欣喜万分。

黑暗中她将瑶身上的麻被掩了掩，站起身，轻轻推开茅屋的门，钻了出去。

繁星点点，天河很明亮、很安静。

琪在茅屋前的空地上站住，望着深邃的苍穹，双手合十放在胸前低声言语：“砀山之南，有女曰瑶；厄难加身，冥冥杳杳。郁罗萧台，星光永照；伏告上圣，我心昭昭……”

一道紫色的流星划过向南飞去，琪惊出了一身冷汗。莫非瑶……她回头向茅屋望去，夜空下茅屋一片寂静。她抬头向北天看去，一道、两道……七道、八道，一道道明亮的流星划过夜空坠向四面八方。

琪不再害怕，一定是自己的赤诚感动了上苍，流星在送她吉祥，她一下哭出声来。

她对着茅屋说：“瑶！等着我。”

琪转身向南奔去。

这不是一段普通的路程，琪肩负着拯救瑶的使命。从逃离天门的那一刻起，两个人的命运就紧紧连在了一起。琪离不开瑶，没有瑶她不知自己来到这个世界干什么。如今瑶危在旦夕，琪要竭尽全力挽救她的生命。琪一边奔跑一边为瑶祈福。

东方露出了晨曦，星斗一点点在隐退，琪看见了进出金水池的山口。

琪激动不已，“金水池，你让我找得好苦……”

奔进山口，琪一眼发现了湖边的巨石。她像看到救星一样，不顾一切扑了过去，双手抱着巨石大口大口地喘气。

“璞——你在哪儿?”她发出一声呼喊。

这一声，穿云裂石，惊动了全姐。一定发生了什么大事，晨风中全姐向巨石这边跑来。

“你是瑶?”

琪哭出声来，“我不是瑶，瑶快不行了……”

“瑶在哪儿?”

“在正北方……”

全姐将琪从巨石旁扶起，“你到底是谁？瑶怎么了?”

琪止住哭泣，将璞和瑶的事情告诉给了全姐。

全姐不敢耽搁，拉起琪一起来山洞找飏。

山洞内，飏听见全姐呼喊他十分诧异，大清早究竟是谁这么急切地叫他？他匆忙爬出山洞，眼前站着两个年轻女子，一个似乎有些面熟。

听完琪的话，飏一下陷入该如何处理这一危机的想象之中……除了逃出天门那次，飏从没像今天这样着急。

全姐就站在他的身边，飏已经没有时间和心思了解她的来历，只是问她有没有一个拯救瑶的主意。全姐说事不宜迟，大家应该尽快赶到瑶那里，至于采取什么办法她也不知道。

飏对琪说他身上有一块守天门的玉符，出逃时把它也给带了下来。不知道它能不能派上用场。

临出门时，全姐又叫上了蜈家四兄弟，说是人多势众。

他们出了山口一路向北。

几乎就在这时，部落那边首领和巫祝弓着腰走进瑶住的屋子。首领来到瑶的身边，细声地招呼瑶。

瑶没有反应。

巫祝看着四周，自言自语，“琪到哪里去了？”

首领轻轻地呼唤瑶，没理会巫祝。

瑶听见了首领在叫她，可她却无法抬眼去看她。瑶的状态看上去很不好，首领越发担心，她转身看着巫祝，希望从他那里得到帮助。

巫祝脸色僵滞，一片茫然。

首领问他：“瑶还有救吗？”

巫祝俯下身，瞪大眼睛看瑶。片刻不语，他也没了主意。

首领叫他赶紧出去找几个人到这里来看着瑶。

巫祝走了出去，外面很凉，屋子里首领的心更凉。

还没到晌午，飏一行就到了瑶落脚的部落。部落里的男男女女不解地望着他们。

琪走在前面，此刻她比昨晚还要紧张，心突突地直跳。

她第一个钻进瑶的茅屋，身后紧跟着飏和全姐。蜈家四条汉子站在茅屋外面，挡住部落的人。

巫祝不知发生了什么，赶紧过来查看，亮抢前一步将他拦住。巫祝说他要过去给瑶消灾，亮的态度毋庸置疑：瑶谁也不见。

巫祝愣了一下，脸上明显有了不快。这是他的地盘，除了首领他的权威不容挑战。他还想再说什么，蜈家四兄弟瞪起了

眼睛，巫祝知道惹不起，转身走开了。

瑶静静地躺在干草铺上，一动不动，首领和几个女人守在她的身边。琪奔上前去，一把拉住瑶的手，“瑶！我回来了。”

瑶一点反应也没有。

琪拍拍她的脸，瑶气若游丝。琪泪流满面，“瑶！有人来救你了，你醒醒啊！”

首领与飏打招呼后带着几个女人走了出去。

飏来到瑶身边，仔细看她的脸。不错！就是把守天门那天看到的那个仙子，她怎么会这样……一路上飏都在想一个问题：瑶一直和琪在一起，为何两次都是瑶遇到不测，这里面一定有个不为人知的原因。他问琪：“瑶身上带着的是什么东西？”

琪将瑶脖子上挂着的香袋解下，递给飏，“只是一个香袋，可惜它已经失去作用了。”

飏又问琪：“你身上带着什么？！”

琪回答说：“什么也没有啊。”她一下子想起自己袖子里的葫芦，掏出来，说，“还有这个……”

飏从琪手里接过，问：“你从哪儿弄来的？”

琪说：“出天门时丢了仙草，我和瑶一路寻找，在一处青崖上看见这个葫芦，我把它摘了下来带在身上。”

飏端详了好一会儿，说：“也许只有这个葫芦能够让瑶活过来。”他叫过全姐，让她从葫芦里取出三颗籽来。

全姐找来一小块石片，细心地将葫芦顶尖挖开，倒出三颗葫芦籽来。

飏接过葫芦籽，剥去外壳，对琪说：“取些水，将这三颗葫芦籽给瑶灌下去。”

琪从陶罐中舀出半盏水，扶起瑶的头将三颗葫芦籽给瑶灌下。她有了一种感觉：崖上摘来的这个葫芦或许真的拯救了自己。

瑶仍旧躺在那里，一动不动。琪的心提到了嗓子眼儿。飏和全姐忐忑不安地望着她们。

半个时辰快过去了，瑶还是没有清醒的迹象。琪看着飏和全姐，目光中流露着不安。

飏抬头望着屋顶，伸出两手在自己头顶的上方慢慢划过，然后又到瑶身边蹲下来，两手轻轻按在瑶的头顶上。

他倾其所能，竭尽全力去拯救这个给自己带来麻烦的仙子。

飏消耗了许多阳气，浑身透着虚汗，瑶还是没有醒来。

当他们快要绝望的时候，瑶睁开了眼睛，接着她动了一下。

屋子里所有人都松了一口气，全都围在瑶的身边。

瑶吃力地看着他们，目光停在了飏的脸上。

飏知道瑶认出了自己，告诉她自己是追着她们来的。

瑶冲他笑笑，此时她还没有力气和他说话。琪告诉瑶，全姐是和飏一起刚刚来到这里的。

全姐急忙跑出屋子，告诉蜈家四兄弟，瑶活过来了。

茅屋里，琪高兴得哭出声来。茅屋外，男人女人们脸上露出了喜色。

首领听说后第一时间赶来看瑶，巫祝吐出了长长一口气，说他早知道瑶会好起来的。

又过了三天，瑶觉得自己有了力气，她开始向飏打听璞的消息。飏告诉瑶，璞已经离开了金水池，不知去了哪里。全姐说起了璞在金水池的经历。瑶听了，沉默了好一会儿。

尽管有了璞的消息，但又稍微带了些伤感。

飏出了一个主意，瑶和琪先留在这里，等有了璞的消息他们再来通知瑶。瑶说她不想在这里多停留，她要和大家一起去金水池。

飏觉得应该等瑶恢复得再好一些再离开。

琪说她也想早点去金水池，可现实变得有些复杂，她们不应该继续留在这里。她将首领和巫祝说的话告诉了大家。

几个人商量后决定不惊动部落首领，明天夜里悄悄地离开。其实他们的一举一动都被部落里的人看在眼里。

首领很快就知道了瑶和琪要离开的事情，她找来巫祝一起商量。

首领问："瑶真的是神送给部落的礼物吗？"

"是的！"巫祝的回答毫不含糊。

第二天，首领和巫祝一起来见瑶和琪。瑶、琪和大伙儿正在茅屋前的空地上向金水池那边看。

首领主动和瑶说话，巫祝站在一旁有点讨好地看着瑶。

瑶并不讨厌首领和她带来的这个巫祝，因为这些天她得到了部落里所有人的同情和关心。在他们的帮助下才渡过难关，瑶心里有一种说不出的感激。

首领说话很直接，瑶是神赐给整个部落的礼物，部落里的人离不开她，瑶哪里也不能去。她又对着部落里的人说自己已经老了，瑶很快就要接替自己成为这个部落的新首领。

巫祝立刻表示赞同，说这正是神的意思。他脸上带着明显的自信。

瑶一下急了，告诉首领自己是一个普通的女子，不是神的礼物，她来自很远的地方，就是要去金水池寻找一个人。

首领说瑶一定是错了，天下这么大，到哪里去寻找一个人？神的意思不能违背，瑶只属于她这个部落。

瑶说她明天就要离开这里。

首领显得很失望，看着巫祝说："神说没说她们一定要离开？"

巫祝有些不知所措，支吾说这他还得再去问问神。

瑶看着巫祝，很是无奈。

这天傍晚，茅屋前的空地上又燃起了篝火，部落里连同巫祝在内的男男女女围着篝火又唱又跳。巫祝显然已经神灵附体，嘴里说着谁也听不懂的话，他今天晚上特别地卖力。首领年纪大了体力不支，坐在一边看着巫祝。

飑远远地坐着，朝这边看。

首领心里十分忐忑。她害怕巫祝醒来后会带来一个让她失望的消息。

瑶不喜欢这场面，和琪躲到茅屋里面去了。蜈家四兄弟不知去了什么地方玩耍，只剩下全姐站在首领旁边看着这种既滑稽又愚蠢的仪式。

篝火渐渐熄灭，巫祝也恢复了常态。首领急切地问他神说

没说瑶和琪必须得留下。

巫祝今天特别沉稳，庄重地告诉首领，神又有了新的旨意：瑶必须把砀山上的恶魔除掉，否则不能离开。

首领沉吟一下，又问巫祝："瑶她们能除掉砀山的恶魔吗?"

巫祝说："这是神的意思。"

首领派人叫来一旁的飏，把巫祝刚才对她说的话又重复了一遍。

飏没有拒绝首领，他知道拒绝也无用。

首领倒是陷入了迷惘，目光有些呆滞。

全姐却有些不快，对巫祝说："你看见过恶魔吗？哪里能够找到它?"

巫祝还是那句话："这是神的意思。"

全姐不再理会巫祝，回到茅屋找瑶商量去了。

瑶很是无奈，事已至此，任人摆布吧！

茅屋外面，一个老态龙钟的老头儿听了首领和巫祝的话，迟缓地走到飏跟前，说他年轻的时候到过砀山，亲眼见过那个恶魔，大大的脑袋，短短的四肢，全身黑乎乎的。

飏看着这个在自己面前指指点点的老头儿，不禁心头一动，一下有了主意。

首领并不认为瑶和琪能够除掉砀山的恶魔，在她眼里瑶和琪就是两个漂亮的女子，她们将来一定是部落里最能生育的女人。她不怀疑瑶和琪是神送来的礼物，因为一个部落的强大靠的就是人口。

巫祝的心思没人能够知道，或许他真的认为是神把两个年轻的女子送到他们的面前，或许他打的就是这两个女子的主意。

现实是瑶和琪想走也走不开。

应该说飏并不感到为难，对付部落里的人他有十足的把握，即使是巫祝。

首领来到飏的面前，问：“瑶和琪她们真的能把恶魔除掉吗？”

飏回答说：“能。”

首领有些纳闷，既然瑶和琪都有除掉恶魔的本领，那经过砀山时瑶为何成了这个样子？她看着飏，心中有些疑惑。

飏显得很自信，说：“瑶和琪还有全姐带来的那四条黑汉子在一起就能把恶魔除掉。”

首领又问：“都需要些什么东西？”

飏说：“有现成的火种就够了。”

首领还是有些担心，问：“如果瑶和琪不能把恶魔除掉，会不会惹来什么麻烦？”

飏告诉首领尽管放心，他带来的四条黑汉子虽其貌不扬却非寻常之人，做过许多这样的事情从未失手。再等几天他们就可以进山。首领问是不是要多带些人去？飏说人多反而不好，只要巫祝同去就可以了。

首领答应他巫祝随时都可以和他们一起走。

飏和首领说完，立刻回茅屋去见瑶。

瑶她们正在一起发愁。飏告诉她们这是离开部落的最好机会。

第二天，首领和巫祝来找飏，问他什么时候去砀山除魔。飏说快了，他正在等一场大风。首领想不明白除魔为什么不用

法术偏偏要等到刮风的日子。飏告诉她除魔也要有天时的帮助。

首领半信半疑和巫祝一起回去了。

瑶却越来越忧心，她不明白飏到底要用什么办法使她和琪离开部落。飏却十分自信，每天都要到砀山近处查看一番。

巫祝也不轻松，首领交给他的任务是让他看住瑶和琪，不能让她俩离开部落半步。特别是那四条黑汉子更要小心防范，他们随时都有可能把瑶和琪弄走。

巫祝暗自叫苦，白天尚可，一到夜间他就得在茅屋外面游荡，防止瑶和琪偷偷跑掉。尤其是那四条黑汉子神出鬼没，黑夜比白昼更有精神。巫祝熬红了眼睛，干焦的嘴唇上生出几个大大的水泡来。这也怪不得别人，是他自找的麻烦。

蜈家四兄弟听命于全姐，故意去戏弄巫祝，漆黑的夜里总是在他的身后弄出些怪异的动静来。巫祝有些害怕，心咚咚地跳却又不敢离去，身子像秋风中的树叶哆嗦着。

飏当然知道他们在做什么，只是没心思去理会。他认真地做着计划。除了全姐谁也不清楚他什么时候开始行动。

大风不约而至。

早晨，飏和蜈家四兄弟去找首领，问火种准备好了没有？首领叫来巫祝将几根燃烧的松木交给飏。飏将火种放进瓦罐交给蜈家四兄弟提着，随后要全姐告诉瑶和琪一起行动。

首领坚持要瑶和琪留在部落，巫祝和飏他们一起上山。飏说今天是纯阳之日，九是最大的阳数，少了瑶和琪，与术理不合，瑶和琪一定要去。

首领无奈只好答应。

一路上飏和全姐走在前头，蜈家四兄弟护着瑶和琪紧跟着他们，巫祝缩着脖子走在最后。没用半个时辰他们就来到了砀山脚下。

还不到正午，天空一片昏黄。西南风从耳边刮过呜呜地响，除此之外再没有别的声音。飏在一块荒草坡上站住，叫来蜈家四兄弟，让各自取出火种绕着山脚到处放火。

一时间，荒草引燃了树木。风将摇曳着的火推向四周，又狂舞着向山顶奔去，漫山遍野噼噼啪啪地作响。

瑶和琪受不了那热气拂面转身向远处跑去。

黄昏时分大火渐渐缩小，天空、地上尽是黑灰。蜈家四兄弟的脑袋像是四只灰黑的瓦罐。

瑶和琪站在远处翘首望着渐渐熄灭的火，山顶那里仅剩下最后一缕黑烟。巫祝一声不响地站在瑶和琪的身后。

飏和全姐走了过来，巫祝对他们说："天不早了，我们是不是该回去了？"

全姐说："是的！砀山已经清平，现在我们就此作别。"

巫祝急了，说："你们去哪里我不管，瑶和琪得和我回部落去。"

飏告诉巫祝："首领说过除掉砀山恶魔，我们就要离开。"

巫祝说："可那恶魔在哪里？"

飏说："恶魔早已灰飞烟灭。"

巫祝说："谁看见了？"

飏说："那你就自己回部落去吧！别忘了告诉首领，恶魔没除掉，瑶和琪她们已经去金水池了。"

巫祝愣了。

飏叫蜈家四兄弟留在这里看着巫祝，两个时辰后再离开砀

山。现在全姐、瑶和琪与他一起绕路去金水池。

蜈家四兄弟走过来，一齐将巫祝围住。

巫祝眼巴巴看着瑶和琪一行人向南走去，双腿一软坐在地上。他的确很累，该好好歇歇了。

全姐回头看了一眼，说：“巫祝好可怜，弄得个灰头土脸。”

飚说：“那人心术不正，可他毕竟帮助过瑶和琪，想给他点教训又不忍下手。”

全姐说：“作为凡人他那点儿私心是可以原谅的。”

终于离开了砀山，瑶紧张的心情得到放松，和大家一起向南而去。

路上，瑶和全姐又提起砀山除魔的事。全姐说飚这么做也是无奈之举，其实只凭一场大火恶魔是不能被除掉的。

一听这话，瑶和琪都笑了。

“恶魔早已灰飞烟灭。”飚说的这句话确实是真的，只是这样的结果连他自己都没料到。大火烧到半山腰时，殇坐在荒草中一动不动，任凭自己的躯体在火光中一点点地散去，直至完全消失。作为祸患，殇早已不想留在世上，他要把自己完完全全地还给那十个佛子。

天黑下来的时候，巫祝扬起脸央求蜈家四兄弟放他回去。蜈家四兄弟在他身边坐下来，说时候还早，等到月亮出来的时候一定会放他走。

巫祝说：“下弦月要到后半夜才能出来，莫非要我在这里待上一夜？”

蜈家四兄弟并不理会。闲得无聊，亮问起巫祝为什么说瑶和琪是神仙送给部落的礼物。巫祝一下来了精神，说他很小的时候见过神仙并且学会了占卜。神见他聪慧，十五个冬天后就封赏他做了巫祝，这种幸运在其他部落根本不会发生。他的使命就是将神的意思传给部落里的每一个人。神早就指明瑶和琪到来的日子和地方，所以他早早守在砀山脚下将瑶和琪解救回来，这一切都是神的安排，现在瑶和琪违背了神的意思私自离去是要受惩罚的。

亮又问如果瑶和琪违背了神的意思要受到怎样的惩罚？巫祝说这一带马上就要流行瘟疫，瑶和琪还有和她在一起的人都不能幸免。

亮要巫祝给一个解救的办法。巫祝想了想说："除非你们四个把瑶和琪给送回来，否则瘟疫降临你们四个首先遭殃。"亮有些害怕，恳求巫祝带他们四个去见神仙，请求不要降灾。巫祝说："那可不行，你们四个小矮汉子肉眼凡胎，除了会放火什么本事都没有，神仙是不会理睬你们的。"

夜深了，亮不想再听巫祝胡说八道。他站起来，认真地告诉巫祝自己和身边坐着的三个人都是活神仙。

巫祝脸一扭，看着别处。

亮转到他的前面，说："时辰到了，我们也该走了。你好自为之，以后不要装神弄鬼，更不要打女人的主意。"话音刚落，蜈家四兄弟一下没了踪影。巫祝揉揉眼，仔细看时，地上果然只剩下自己。

荒野寂寂，处处透着阴森。

巫祝十分害怕，这四个小矮汉子究竟是人是鬼？他想起这几个夜晚自己监视瑶和琪的茅屋时身后莫名其妙的怪动静，这

四个小矮汉子不是鬼也是精灵……巫祝深一脚浅一脚地往回跑去，午夜过后才回到部落。他没马上去见首领，而是直接钻进女人的茅屋。巫祝挤在女人堆里好半天心才安稳下来，天快亮的时候他迷迷糊糊地睡着了。

早晨，太阳升得老高，巫祝还是没有起来。首领派人来叫巫祝。巫祝坐起来，怔怔地看着来人，好像还不十分清醒。

瑶和琪走了，他必须得给首领一个交代。

面对首领，巫祝说恶魔已经驱逐，至于瑶和琪他根本就留不住。

首领半信半疑，叫他走开了。

璞和娈女回到金水池是一个中午。

走进山口，璞一眼看见那块巨石，那是他驻足五年的地方。

他们来到巨石旁。璞告诉娈女他每天都要在这块巨石上等瑶，没想到等来的却是娈女。

娈女告诉璞，那年她和母亲从天河下来，没想到竟在这里遇到她了的夫君。

他们绕开巨石，往竹林后的山洞走去。

湖水，芙蕖，竹林，小径。过去留给璞的感觉似乎在慢慢地淡化。

他们来到山洞。

飏和全姐都不在，山洞里静悄悄的。

璞对娈女说先在这里歇一下，说不定一会儿飏就会回来。

两天后的傍晚，飏回来了，还有全姐、瑶和琪。山洞外璞燃起了一堆火，大家围在火堆旁，都想说点什么却又什么都说不出来。

璞在这里足足等了五年，瑶终于来了。然而他的身边已经有了娈女。

娈女拉着瑶的手，她突然感到一股来自内心深处的虚弱。她低着头，不敢看瑶。

瑶和娈女一个来自茶山一个来自天河，能在这里相遇是非同寻常又十分高兴的事情。然而她们的命运被同一个人牵连着，如果不是因为璞，她们就不会如此尴尬。

全姐靠近瑶，一只胳膊搭在瑶的肩上，她们之间有一种不期而然的亲昵感。全姐渴望瑶留下来，瑶是天上的仙子，全姐想和她保持长久亲密的关系。

瑶知道全姐对她的情感，在人间能收获这种情感足以让她感动。

璞告诉瑶，他已经有了娈女。瑶很平静，拉着娈女的手说："你比我有福气。"

这是个欢喜而伤感的夜晚，飏、全姐、琪和娈女全都躲开了。璞和瑶谁都没有睡，两人坐在山洞里，心里有着说不完的话。

清晨很快到来，瑶对璞说她一会儿就要离开。因为来的时候失落了仙草，她得和琪一起去寻找。

璞知道瑶这一去再也不会回来，伤心地看着她。娈女正在山洞外，给他们准备吃的。

飏他们回来了，都劝瑶留下来。瑶苦涩地笑笑，说他们还有见面的机会。

瑶和琪马上就要动身。飏、全姐、娈女和璞将她俩送出竹林。巨石旁瑶停了下来，与大家作别。

璞往前走了几步，看着远去的瑶和琪，直到她们从自己的视线里消失。

出了山口，瑶蹲在地上，失声痛哭。

已经没有什么牵挂和留恋，瑶和琪一路向北，离金水池越来越远。

半个多月之后。

在初冬的凉风中瑶和琪又看见了青崖。瑶清清楚楚地记得这里就是仙草坠落的地方，山坡、小溪、岩石旁、大树下，瑶和琪仔细搜寻着脚下的每一寸土地。

茅屋在清晨的薄雾中若隐若现，一位青衣老者站在茅屋前远远地看着她们。

瑶和琪走了过去。

“公公吉祥。”

老者说：“终于把你们俩等回来了。”

瑶和琪十分诧异，问老者：“公公怎知我俩还会回来？”

老者说：“一会儿我再说给你们听。”他从茅屋里叫出一个四五岁大的小童，然后在一处空地上坐下，瑶和琪在他的面前坐下来。

老者告诉瑶和琪，他是这里的土地，身边这个小童叫嘻，刚刚收来的。

瑶和琪仔细打量着这个叫嘻的小童，他头上留着两个髻，身前挂着一个麻布兜肚，站在老者旁边俏皮地望着瑶和琪，模样十分可爱。

老者说这个叫嘻的小童原本叫殇。（上古时候发生一场劫难，生灵相互残杀，凶秽之气弥漫人间。十位佛子倾力涤荡，收束凶秽于一隅，给它取了个名字叫殇。佛子慈悲，嘱咐殇静静地等待出世。）殇却不甘寂寞，仍旧游荡世间。砀山深潭边，殇有了醒悟，一把大火让他获得重生。瑶和琪应运而来，仙草注定坠落此处。老者还说此处叫青崖，瑶和琪今日拿到仙草可以从这里返回天上，不要流连人间。

瑶听了老者的话半晌无语，她好像领悟了什么却又不完全明了，想再问老者一个究竟，但还是忍住了。

老者又对琪说："你一路付出许多，瑶因你而成就此行。"

琪听了，心里一阵翻腾，不知如何作答。想了想，说："只是苦了瑶，她这一路经受了很多磨难。"

老者笑笑说："瑶日后会有福报。"

老者站起，回茅屋取出仙草，瑶跪在地上双手接过。仙草失而复得，这段经历足以让她刻骨铭心。最后老者说琪该把葫芦还给他了。

琪从袖子里取出葫芦，交给老者。老者拿在手上摇了摇说："没想到还能剩下这许多……"

顺着老者的指点，瑶和琪登上青崖。

清风徐徐，瑶和琪一起站在崖边向下边看。

一片云飘了过来。瑶一手抓着仙草一手拉着琪，纵身一跃……云一下子将她俩隐藏起来。

此刻，地上少了两个村姑，天边又多了两个仙子。

瑶和琪对望着，回想着这趟梦幻般的旅程。

瑶问琪："你喜欢做村姑，还是喜欢做仙子？"

琪看了一眼地上，说："其实做村姑也挺好的。"

"做村姑也挺好的。"这不是琪一个人的心声，未来还有许许多多的仙子怀着各种各样的目的踏上一段段快乐而艰辛的旅程。

苦难还是幸福，没人说得清，她们似乎都不后悔。

就在瑶和琪离开金水池几天之后，璞和娈女来到了大峡谷，这里离胭脂渡更近些。娈女明白鼋婆的意思，她和璞在一起的日子已经没有很多了。

璞将他居住过的茅屋修了修，和娈女住了下来。

想了几天，娈女还是把母亲的决定告诉了璞。鼋婆将带着他们返回天河，璞和娈女在一起的日子仅剩下一百天。

璞不想这么快就离开，娈女说他们的缘分只有这么多，况且母亲的主意轻易不会更改。

这天夜里，璞没有睡意，心里乱糟糟的。天才蒙蒙亮，璞就来到外面。他在溪水边洗了脸，然后向百合花地那边走去。

这是他十分熟悉的地方，那个夜晚他就坐在这里，一弯冷月照着他和十二位百合仙子。如今仙子们都已回到了天上，自己很快也会离开。

世事难料，他从心底发出一声叹息。

尽管不情愿，他还是得跟着娈女一起走。

离开大峡谷的前一天下午，璞出去了。他在崖壁的高处坐下来，望着金水池的方向。天近黄昏，娈女出来找他。远远看去璞已经成了一个深黛的影子。娈女登上崖壁在他身边坐下来，两人一起看天边慢慢下坠的斜阳。

已经是早春，坡上还是吹着凉凉的风。娈女往璞的身边靠了靠，璞一把将她拥入怀里。璞知道这样的机会只属于今天，到了明天就再也不会有了。

娈女说："如果你愿意留下来，明天就回金水池去吧！"

璞轻轻摇了摇头。

娈女抚摸着璞的头发，小声说："其实我也舍不得把你一个人留在这里。"

璞心野上泛起一片潮湿，鼻子微微酸了一下，差点落下眼泪来。

他们又提起了遥远的往事——从天河边的初次相见到胭脂渡，娈女最想知道的是璞和瑶在茶山的经历。璞散散漫漫、星星点点地讲给了她。

璞问娈女，她和母亲为什么要离开天河？娈女说母亲很早就认识璞，并且知道他们之间的这点缘分，正是因为不放心娈女才来到这里。

璞听了，默默无语。

娈女一副慵懒的样子。平时系着的头发今天蓬松着，光着两只脚，一只草鞋已经掉到了崖下，粗糙的麻衣套在身上，脖颈下仅有的两条衣带都没有系上。璞低头看着她胸前露出的一小片丰白，发出一声感慨："这样懒散的日子不会再有了。"

娈女微眯着眼，说："起码还有今天……"

听娈女这么说，璞把她抱得更紧了。

"璞……你还记得瑶来金水池的那个夜晚吗？"

……

“那天夜里山洞里只有你们俩……”

……

“我是真的给了你们机会。”

璞心底里产生一段失落，他微微叹息了一声。

你怎么不说话？

……

她挺了挺身子，将湿润的嘴唇贴在了璞的耳边。

璞今天的情绪始终不高，他觉得自己很亏，白白在金水池守了五年，盼来的竟然是娈女，明天却又要离开。

追求情爱，这大概是很多人与生俱来的欲望，璞似乎比别人更加在意。失去了瑶却得到了娈女，然而这对璞来说仍是个遗憾。

娈女知道璞的心思，想让他打起精神来，又没办法。

她伸出双臂，拢住他的脖子。

璞就像一个输不起的赌徒，抱起娈女，高一脚低一脚地朝崖下走去。

严格地说，璞是被情欲冲昏了头脑。回到筱园，他顿失灵性，人也变得一蹶不振。后来发生的事情让人领略到：自律、自尊，无论何时何地都非常重要。

卯月的午夜，月华满天，胭脂渡一片银色。一岁中第一个天地河水贯通日，鼋婆带着璞和娈女站在大河边上。

一道水雾从他们头顶的上空划落，顷刻间波涛翻滚，天地河水贯通，溅起的水花遮蔽了整个渡口。璞试图走进水里却被浪头推回岸边。

鼋婆两手分别拉着璞和娈女，分开湍急的水流，溯流直上……

第七章　山　口

女子在巨石旁已经坐了一整天，直到太阳偏西，还是没有人过来看她一眼，进出山口的人本来就不多。她看看四周，下意识地将破麻服往下拉了拉。

夕阳伴随着三月的和风从山峦的顶上照过来，散漫在湖边的草地上。竹林里的苍烟渐渐涌起，笼住了通向山洞的那条小路。

没有人从这里经过，女子很失望。

她站起身踉踉跄跄地往山口走去，没走出几步就昏倒在地，但她还是听见了身后几个男人在说话。

“她恐怕是饿昏了。”

“救救她吧！”

“怎么救她？”

“还是告诉全姐去吧！”

蜈家四兄弟你望着我，我望着你，拿不准主意。

女子从今天早晨就坐在这里，害得四兄弟躲在洞穴里整整

一天无法出门。

太阳下去了，湖面起了风，亮担心女子会被冻病或是死在这里，便叫三个兄弟守着女子，自己去山洞找全姐。

亮很快来到山洞口，心里叫了声“全姐”。

全姐立刻现身，站在亮的面前，问亮为何这么急叫她。

亮说巨石旁边有一个女人，好像快死掉了。全姐没让他继续说，立刻向竹林外跑去，亮紧跟在她的身后。

明、和、宝见全姐来了，一齐上前扶女子坐在一块草地上。女子似乎有了羞愧，轻轻将他们推开。

全姐在女子身边蹲下，问：“花容，你怎么了?”

女子迷茫的眼里一下有了泪水，哀哀戚戚地哭出声来。

全姐心中不忍，却又无法劝她不哭，只能默默地陪着她。

女子哭够了，对全姐和蜈家四兄弟说出了自己的身世。

她叫离，住在正南一个很远的地方。几个月前，部落里的人都得了一场热病，不出一个月全都死去了，只有她活了下来。

离开始了流浪，几个月来走了许多地方，一直没找到落脚之处。昨天夜里来到这里，忍饥受冻实在支撑不下去了。

全姐流泪了，她虽然是一只蝎，但她并没有漠然，何况是一个远道而来的年轻女子。她告诉离，她要把她留在身边，四处流浪的日子不会再有了。离为有了全姐的帮助而感动，她伏在全姐的怀里承受着这素昧平生的爱。她不再说话，全姐的爱已经淡去了她心上全部的凄凉。全姐将离背起，一步步向竹林内走去，蜈家四兄弟跟在她们身后。

全姐背回一个陌生女子飏并不感到意外，他想了解的是这个女子到底有着什么样的悲凄故事。他来到山洞外找蜈家四兄弟。

蜈家四兄弟说那是一个落难的女子，全姐见她可怜就收留了她。飚听他们这么说便进洞去看那个叫离的女子。

离浑身疲软，眼睛微闭，但还是看清了站在自己面前的是个男人。她艰难地爬起来问全姐："他是谁？"

全姐告诉她那个人叫飚，一直住在这里。离艰难地道了声万福又晕了过去。

漂泊的生活不是每个人都经历过的，离描述的是飚和全姐都未曾经过的事，都未曾经过的苦。飚听了悄悄将自己的铺盖挪到山洞深处的一个偏僻处，将自己原来住的地方让给了离。

离在这里安顿下来。飚每天进出山洞都小心翼翼，生怕给离带来不便。

离很快就走出了哀戚和黯淡，没几天脸上就有了健康的红晕。她一个人或者在洞外的空地上轻盈地踱步，或者听全姐讲述她从小到大闻所未闻的故事，见到飚也会流露出一种舒怡的微笑。这几天金水池天气不错，离心野之上圆圆满满，到处都是明澈的阳光。

飚很少主动和离说话，离毕竟是个凡间女子，尽管她生得眉清目秀，模样十分可人。全姐有自己的事情，不会整天留在山洞里，她也不愿意看到飚过多地接近离。三个人在一起的时间开始减少。

无所事事，离很快就感受到了寂寞。她的注意力一点点集中在飚的身上。这个男人看上去很年轻，轻易不会跟谁说上一句话，平时脸上一点表情也没有，看不出他心里究竟在想些什

么。部落里的男人都不像他这样。

短短的几天离还无法走进飏的内心世界，但飏对离目下是一种什么样的感觉，恐怕连他自己也说不清。只有全姐能够真正听见飏的心声，飏外表冷漠，内心柔软，是一个感情丰富的人。

因为瑶，全姐现身金水池。从那时起她就不再回避飏，甚至整夜睡在山洞里。

全姐并不希求在飏那里得到什么，她更不想把从璞那里得到的烦恼和爱怨转嫁给飏。现在的全姐不再介意聚合与离别，但心灵的交流是天下什么地方都阻碍不了的。偌大的山洞平日只有她和飏两个人，日相晤对，相安无事，全姐只是彰显着一种存在。这里没有世俗的虚伪和扰攘，更没有人以轻薄的心理去责备他们。

离的到来即将打破这几个月的宁静。

飏每次进出山洞都会从她的身边经过，这时离就会抬起脸来给他一个微笑，飏也会冲她点点头。离越来越介意飏看她的时间，她十分渴望飏的目光能在她身上多停留一会儿。离穿着一件开口很低的麻衣，露着很大一片胸脯。她相信飏一定能看见她那两道白如新雪的乳坡。有时她也故意将双手捂在胸前，在飏面前掩饰自己的裸露。

飏却总是那么从容，离看不出他对自己的哪怕是一丁点的变化。离想不明白，在这样的环境下一个男人为什么对一个女人不远不近不离不即，或许是因为全姐？她心里揣摩着飏与全姐两人之间有什么不为人知的事情。

其实飏并非对离视而不见，离住进山洞那天起飏就感到了异常。离的身上有一种隐约的寒气，这种现象如果仅仅是在山洞内出现倒也罢了，可偏偏是阳光灿烂的正午离坐在山洞外飏也会有这种感觉，他不知道离为何会这样。

他想把自己的感觉说给全姐，但忍住了。他不想让全姐产生疑虑，自己都弄不清的事情告诉全姐又有什么用?

几乎每个夜晚，飏都认真搜寻着离心中的意念，但没有任何收获。他想要么是自己判断错了，要么是离有一种超常的本领。

全姐一连几个夜晚都没回山洞，趁此机会飏试图接近离一些，看看这个女子到底是人还是……黑暗中，飏光着脚慢慢移向洞口。

飏在一个他认为合适的地方停住，敛气凝神，感受着离的心性。

应该说飏十分希望离是一个平常的女子，他在仔细搜索离不是一个常人的证据时又努力地排除一切对离不利的意识。飏在纠结中站了很久，一无所获。

或许离就是一个普普通通的女子，自己多疑了。

第二天早晨，飏要去洞外，经过离住的地方时，离不在。飏来到洞外，看见离正在石头灶下生火。飏走过去主动跟离打招呼。离看着飏，现出一副欢喜的样子来。

飏在离的旁边坐下，今天他没觉得离身上有什么寒气。

离一边做饭，一边跟飏说话。

“你今年多大?”

“十九个冬天了。”

“今天和我下湖捉鱼去吧!”

离说："我怕水，不想去。"

飏想了想，说："我想去湖里捉几条鱼，全姐回来我们一起吃。"

离低声说："我不喜欢吃鱼。"

飏听她说不喜欢吃鱼，便说："我今天去山上，挖些竹笋来。"

离的脸现出一点绯红，冲他笑笑。

飏今天显得很有兴致，一直坐在灶旁看着离。

雨后的金水池比平时更添了几分生气，山顶吹来清凉的风，消解了盛夏时节的暑气。部落里的男人女人沿着弯曲的湖岸向巨石这边走来，又一直走向山口。

与巨石相对着的湖岸边拴着一个竹筏，人们也可以直接从水上划到这边来，然后再去山口。

山口狭窄的土路边坐着一个青脸男人，长长的头发绾在头顶上，额头下一对黑眼睛亮闪闪的。人们从山口两面涌向这里就是因为这位青脸男人。

几乎每个进出山口的人见到青脸男人都会生出一种灵异的感觉来，人们越是好奇就越想探个究竟。青脸男人也越发张扬，向人们展示着自己非同寻常的本领。谁的身体有了不适，随便请青脸男人看看，立刻就会好转。青脸男人更多时候是向他身边的人叙述天地万物阴阳流转以及季节更替、农事收成等诸多内容。人们听得迷离恍惚，都为他的才能而惊叹与诧异。

好奇的人们称他为奇人。

消息迅速传开。

奇人是在一天夜里来到山口的。那夜明月浮在正南方青色的天空，金水池一如既往地宁静。“哗啦”一声，一条黑鱼从湖水中跃起，平静的水面泛起道道涟漪。奇人站在水中看着天上的月亮。

看了一会儿，奇人一双空洞无物的眼睛变得亮闪闪的。他爬上湖岸，直接朝山口那边走去。

奇人仔细端详着这个地方，嘴角挂着自信的笑。

奇人坐在这里已经好几天了。每天他的身边都围着一群人。蜈家四兄弟去过几次之后回来找全姐。

全姐正在竹林里静坐，蜈家四兄弟将奇人的事情告诉给了她——

山口外一个瞎眼公公被奇人治好了眼睛，一个上了岁数的瘫子在奇人手底下重新站立起来，部落首领在山口附近给奇人建起了茅屋……

全姐零零星星早就听到奇人治病的消息，只是没放在心上。今天听蜈家四兄弟这么一说，全姐心生疑惑，世上真会有这样的奇人？

她觉得自己应该去看看。她站在地上想了想，回到山洞去找飏。

全姐走进山洞，飏和离都不在，洞里只剩了一种寂寞的余温。全姐追想着这几天自己没回来，莫非这两个人有了故事……

全姐转身走出山洞，蜈家四兄弟还站在竹林边。全姐将他

们叫到自己身边，问他们看没看见飏和离。

蜈家四兄弟全都摇头，说没看见。

全姐叫他们四处找找，自己去一趟山口。蜈家四兄弟答应一声四散而去。全姐一个人沿着小路向湖边走去。

前面传来人走路的声音，声音虽然很轻，但全姐还是听得清清楚楚，那一定是离，只有女人走路才会这么轻。全姐心里一动，身子闪进竹林。

全姐透过竹林缝隙朝外看，果然是离。离今天的步子轻盈中带着慌张，完全不像平日那样沉稳。

全姐悄悄往前挪了几步，目光追着离的背影。

离走着走着突然停了下来，全姐一下缩回了身子。

风轻轻拂过竹林，竹叶簌簌地响。离回头看了一眼，接着又向前走去。

全姐更加疑惑，离今天有些反常，应该回去看看。她在竹林里停了一会儿，往回走去。

再次回到山洞，全姐问离看没看见飏。

离从地铺上坐起来，告诉全姐，飏一大早就出去了。

全姐自言自语：“他去哪儿了？”

离自然地微笑着，同往常一样沉稳。全姐在她身上什么也看不出，便走出山洞。

全姐又往湖边走去，觉得可能是自己多心了。

全姐不是多心，离刚刚从奇人那里回来。

早晨，离看见飏往山上走去，随后自己悄悄去了山口。

路上没有别的行人，离很快来到奇人的茅屋前，看了看四周，迅速钻进门去。

奇人正在茅屋里闭目养神，见离进来，睁大了眼睛，问：“你……得手了？”

离在他面前坐下，说：“没有，那东西他整天带在身上一刻也不离开，我实在没机会，你还是另想办法吧。”

奇人皱着眉，说：“再等几天，我就不信他不把它放下来。”

离说：“再等几天也是这样，我连看一眼的机会都没有。”

奇人压低了声音说：“这可是咱俩千载难逢的机会，失去就再也找不到了。”

离说：“我觉得他很快就要来你这里，你看看能不能直接把它弄过来。”

奇人两眼直直地盯着门口，“到时再说。”

离临离开时又叮嘱奇人，全姐经常和飏在一起，这个女人比飏还厉害，她身边总是跟着四条蜈蚣，一定要当心。

奇人点点头，说他早就认识他们。

全姐刚刚走到湖边，身后就传来宝叫她的声音。全姐回头一看，飏和宝正朝她走来。

“你找我？”飏问。

全姐回答说：“啊！是的。”

宝冲全姐说：“要是没我的事，我这就回去了。”

全姐急忙将他叫住，“别忙！你再去把他们三个找来，我们一起去山口。”

宝答应一声，转身跑开。

飏往前走了几步，问全姐：“有事吗？”

全姐说：“没什么！想和你一起去山口看看。”

飏说："有什么可看的?"

全姐说："听说那里来了一个奇人……"

飏不以为然，说："真正的奇人从不张扬。"

全姐一下想起离，刚想对飏说，又忍住了。

飏说："反正没事，我这就和你一起去看看。"

全姐说："等一下蜈家四兄弟，大伙儿一起去。"

飏答应说："好吧!"

他们一行来到山口时，奇人坐在地上，身边早就围满了人。全姐一伙儿夹杂在人群里，静静地看着奇人。

一个女人蹲在奇人面前哑着嗓子在说话。奇人费了好半天功夫才弄清女人是说自己嗓子疼，要他给自己治一治。

奇人摇了摇手里的芭蕉叶子，对身边的人说："大伙儿都看见了，她现在喉咙疼，说不出话吃不下饭，我现在就给她消灾。"

飏和全姐往前凑了凑，在女人的旁边站下。

奇人丢下手中的芭蕉叶子，左手抓住女人肩膀，右手去揪女人喉咙。

女人"啊"的一声，两手紧紧抓住奇人手腕。

周围的人发出一声赞叹，奇人就是神奇。

女人受不了那疼痛，流着泪希望奇人把她放开。奇人看出她的心思但根本就没打算住手。

"叫啊，叫啊!"奇人盯着她。

女人张了张嘴，发不出一点声音。奇人一下紧接一下，狠揪女人的喉咙，女人在他手上摇晃着，散乱的头发遮住整张脸，没人看见她五官扭曲的样子。

奇人终于住了手，女人一下瘫在地上“呜呜”地哭出声来。

周围的人都笑了。

女人被人们扶起，她脖子前面紫黑紫黑的，差点儿流出血来。

奇人从地上捡起芭蕉叶子，抬头看着众人，见飏站在自己面前，问：“你也有疾？”

飏蹲下来，说：“我想跟你学点给人治病的本领。”

奇人笑了，说：“也好，我愿意教你一些东西，不过按规矩你得先给我行礼。”

完全出乎预料，飏没想到奇人会提出这个要求，心一横，跪下给奇人磕头。

全姐皱起了眉头，她无法理解飏这样的举动。

奇人指着大伙儿说：“你们都看见了，我现在收了个徒儿，”他又看着飏说，“你今天拜我为师，可有什么礼物？”

飏有些不知所措，小声说：“我没有准备礼物。”

奇人说：“随便什么都可以，有就行。”

飏说：“实在是没有。”

奇人“哼”了一声。

“你腰上拴着的是啥东西？”

“啥也没有。”

“你在耍我？”奇人又看着大伙儿，说，“这个人一点儿都不诚实，身上明明带着东西偏偏说没有。”

飏的脸一下变得通红，从腰间解下玉符，没等他说话，奇人一把夺过，看都没看随手丢进身后的草丛。

飚心里一急，急忙跑进草地去寻找玉符。

奇人一脸的不屑，扭头看着飚：“一块破石头也拿来糊弄我……”

飚从草地上拾起玉符，狼狈地跑开。

全姐从人群中退了出来，叫过蜈家四兄弟，在他们耳边说了几句话。

飚没回山洞，直接进了竹林。

这是他到金水池以来最窝囊的一个上午，当着部落里的人尤其是当着全姐和蜈家四兄弟的面被奇人数落真是让他无地自容。

飚没有璞那么空灵，看不出奇人的心思，因此做了一件既冒失又荒唐的事情。作为旁观者，全姐倒是看出几分端倪，奇人的那个举动十分荒唐，将玉符抛到草丛那绝不是他真实的意图。然而仅就目前的情势全姐还无法做出更准确的判断。

她从山口回来，又走进山洞。

离仍旧坐在那里，脸上带着怡然的笑。

全姐故意问：“飚回来没有？”

离回答说：“从早晨出去一直没有回来。”

全姐想了想，往外走去。

离在身后将她叫住。

“飚，他怎么了？”

“啊！没怎么。听说山口那边来了一个奇人，专门给人治病，我想和他一起去看看。”

离好像对这件事不感兴趣，眼睛看着洞口，不再说话。

全姐蹲下来，说：“飏不在，你和我一起去吧！”

离扭头看着全姐，说：“你还是和飏一起去吧！我不想看那些陌生人。”

全姐也不勉强她，自己走出山洞。在竹林里的一块空地，全姐找到了飏。

飏坐在草地上，两眼盯着自己的脚。

全姐在飏的身后站住，飏一点儿反应也没有。

没有一丝风，竹叶一动不动，正午的竹林静得出奇。

飏平静的外表难以掩饰他内心的激荡，全姐或许是找不到合适的话语，或许是不愿打破这份宁静，转身看着别处。

一会儿，飏站了起来，率先和全姐说话。

“我犯了一个错。”

“什么错？”

“奇人来路不正。”

“你是怎么看出来的？”

“刚刚想到的……”

全姐仔细打量着飏，这才是和她一起去砀山的那个人。

飏又找回了自信，说：“我还想去山口。”

全姐看着他，说：“还是不去的好。”

飏问：“为什么？”

全姐说：“一种直觉。”

飏想了想，说：“我要是有你的直觉就好了。”

全姐笑了。

实在是出乎意想的奇遇：几天后一个昏蒙蒙的午夜，奇人从茅屋里钻出来，朝四周看了看，然后朝金水池走去。他的身后亮跟了上来。

池边的巨石旁，奇人停下脚步。

站了一会儿，奇人走近水边。他又朝身后看了看，然后一头扎进水里。

水花四溅，惊动了水面悠闲漂游着的几只水鸟，它们扑着翅膀，一边叫着四散飞去。

亮惊愕不已，从岸上下来朝池中看，水面平静如画。

蜈家三个兄弟睡梦中被外面的声音惊醒，一个个从巨石底下爬出来，问亮发生了什么。

亮把刚才发生的事情说给他们。

蜈家四兄弟站在岸边，都瞪大了眼睛朝池里看。

夜色茫茫，池水寂寂，郁郁阴森的竹林里掩映着几点荧光。这个夜晚金水池越发神秘深邃，冷静凄淡。不知道什么时候奇人还会从这里出来，蜈家四兄弟赶紧躲到巨石后面。

奇人回到池底，将头扎进池底的淤泥里，尾巴朝上身子不住地晃动，那样子简直像是在池底掘洞。一会儿，奇人从泥里拔出头来，大口大口地吞吐池水，刚才这阵子把他给累坏了。

约莫半个时辰，奇人安静下来。

巨石后面，蜈家四兄弟并没有离开。

“哗啦”一声，水花溅起的地方露出一个黑鱼脑袋。四兄弟伸长脖子从巨石顶上朝那里看。

“哗啦哗啦”，奇人蹚水上岸，蜈家四兄弟赶紧缩回身子。

奇人站在池边，抖抖身子，显得很从容。

飞去的水鸟再也没有返回水里，金水池出奇地寂静。

蜈家四兄弟惊呆了。

奇人没有停留，快步朝山口走去。

蜈家四兄弟在岸边伫立了一会儿，又回到巨石底下的窝里，他们无法入睡，议论着刚才发生的一幕。他们谁也想不到奇人竟然是条黑鱼。仅仅是条黑鱼倒也罢了，他为何大白天跑去山口劳神费力地给人治病？今夜奇人诡异的行踪着实让人惊悚。

百思不得其解。

和说："奇人一定是在帮助部落里的人。"

明说："未必！我一看见奇人的眼睛就瘆得慌。"

宝说："奇人夜里出没，来去非常小心，一定有怕人知道的事情。"

亮让三兄弟在窝里歇着，他要再去一趟山口，看看奇人究竟在干什么。

亮爬出门去，蜈家三兄弟接着睡下。

奇人一路谁也没有碰到，轻轻松松回到了山口。钻进茅屋，奇人面朝门口坐下，然后大张嘴巴，吐出一颗闪闪发光的明珠。

奇人将明珠放在手上仔细看看，重新放回口中，脸上闪过一丝诡异的笑。

已经过了午夜，奇人仍然没有睡意。他微微闭上眼睛，一线余光停留在自己的鼻尖，一股阴森之气从头顶升起。

奇人是金水池里一条千年黑鱼。明珠是他从蚌那里偷来的，一直深藏池底。

明珠虽然神奇，黑鱼永远是黑鱼。即使他有能力接近天河，也无法通过那道虾兵蟹将把守的龙门。璞在金水池住了五年，黑鱼曾打过他的主意。那是因为璞从小在天河边上长大，进出天河十分容易。然而璞根本不会将黑鱼带进天河，黑鱼很是无奈。飏的到来让黑鱼又看到了进入天河的希望，原因是飏腰上挂着一块玉符，有了玉符出入任何关隘都不会受到阻拦。

黑鱼知道自己没有机会接近飏，根本拿不到玉符。左思右想，他找来离商量。黑鱼说，栖身金水池他就永远是条鱼，离永远是条水蛇，只有进入天河才能成为神仙。天河贯通日他一口气游到天河边上，刚刚看见龙门就被拦了下来，原因是他没有通关的玉符。眼下正好有一个机会，竹林后面的山洞里来了一个曾经把守天门的男人，他身上正好带着一块玉符。

水蛇被黑鱼说得心花怒放。这真是个千载难逢的机会，黑鱼、水蛇商量不管用什么办法，只要拿到玉符就一同去闯天河。

水蛇化身离率先进入山洞，黑鱼随后扮作奇人走进山口。

那天飏正好站在奇人面前，奇人从飏手里夺过玉符丢进草丛。如果当时这颗明珠在手，飏再有本事也找不回玉符。奇人为自己错过了一次拿到玉符的绝佳机会懊悔不已。

不管再有没有这样的机会，奇人还是连夜从池底取来了明珠。

看来飏一时半会儿不会再来山口，只能等离那边的消息了。

奇人感觉有什么东西在周围搅扰，凝神去看，一个精灵在他前边不远的地方徘徊。奇人并不在意，这个时辰、这个地方谁都可以驻留或是经过。

他躺下来，想要睡了。

外面，亮抬头看着天空。东方发白，星斗在隐退。

该回去了，明天把奇人的事告诉全姐。

四

金水池，细雨蒙蒙。

一条青石小径穿过山脚下的竹林通向池崖。池中，一个老人正站在竹筏上撒网捕鱼。

两个年轻女子从竹林里走出，一直向池边走来，她们一边挥手一边向老人呼喊。

老人划回岸边。

两个女子向老人道了万福，说她们想要搭竹筏去池的对岸。

待她们两个上了竹筏，老人撑起竹篙，竹筏离开岸边。

两个女子并排蹲着，去看竹筏前面涌起的浪花。

撑竹筏的老人须发苍白，看上去有六十多岁，一边划水一边看着对岸的巨石。

“这样的雨天，两位花容为何还要出来?”老人问。

一个女子回过头来回答说：“听说山口那边出了神仙。”

老人说：“世上哪里有神仙。”

女子说：“听说奇人就是神仙。”

老人没说话。

金水池岸边分布着几十个氏族，竹林后面的鱼姓氏族人口

最多，有四五个部落。首领是个叫丰的女人。竹筏上坐着的是她的两个女儿，一个叫雨，一个叫叶。

雨今年十六岁，叶今年十四岁。

雨和叶听人说山口那边来了一位奇人，身穿麻衣，腰里系着一个葫芦，说是要在这里寻一个人，度他成仙。

还有人说那不是奇人，而是一个身着锦衣、风姿俏丽的女神仙，一到雨天就会出现在巨石附近。一时间众说纷纭，莫衷一是。

雨和叶就是为了寻找女神仙才冒雨到池对岸去的。

雨珠不解人意，沙沙地下着，湿了金水池巨石旁的青石路。山坡上的竹子在雨水的冲刷下越发苍翠，竹林前的成片的蔷薇花刚刚绽放，雨雾弥漫中就像一片叠浮的胭脂色的云。

雨和叶上了岸，向巨石那边走去。老人依旧将竹筏划向池中去捕鱼。

风掠过，山脚的竹叶簌簌地响，在这种声音之外雨和叶还听见了另外一种声音。她们停了下来，用心去听，那不是流水碎玉的声音，也不是短笛洞箫的韵律，更像是一个清越的女声，似远似近在山峦间飘荡。

叶问雨：“你听见没有，那是什么声音？”

雨敛神凝睇，听了一会儿说：“像是山口那边，一个女人唱歌的声音。”

叶说：“这么说，我们可能遇见女神仙了？”

雨没回答，拉起叶的手就往山口那边跑去。

山口空空荡荡，不见一个人。

雨和叶站在雨中仔细倾听，刚才唱歌的声音已经没有了。

一路跋涉，雨和叶的草鞋早被黏性十足的泥土拖烂了，行走十分不便。她们索性下了土路，光脚在草地上行走。雨中左顾右盼，俨然是两个迷了路的女子。

雨和叶的母亲丰对金水池有神仙的传说笃信不疑。这几天巫祝在她耳边不住地说起奇人的事情。丰就是听了巫祝的话才给奇人盖起了茅屋。雨和叶两次去山口，回来之后丰都向雨和叶打听奇人的故事。雨和叶多次说起两人要出去找神仙的事，丰一次都没有阻拦。

这个雨天，雨和叶一起出了门。

雨和叶又往前走了很远，还是没有神仙。两人谁都不甘心，坚信寻找神仙要有耐心，有时神仙会故意躲起来不让凡人看见，那是在考验凡人的志诚，只要坚持到最后一定会被神仙接纳，心诚则灵。

雨和叶听说神仙永远不会老也不会生病，更不会死去。神仙自由自在要什么有什么，上天入地想去哪里就去哪里。

雨和叶被许多凌乱断续的想法牵引着，在罩满雨雾的山口下徘徊。

没有一个好法子可以直接找到神仙，叶心中又冒出一个念头——奇人就是神仙。她拉着雨的手，说："我们去找奇人，让他教给咱俩一个成仙的办法。"

雨十分高兴，两人转身往奇人的茅屋走去。

这时，雨突然下得大了起来。

离奇人的茅屋还有一箭地的时候，雨又有了犹豫，心想：奇人能教她们成仙的办法吗？这些天他的身边总是围着一群人，奇人谁也没有教。

她跟叶说，她想回去。

叶却不甘心，撇下雨自己往茅屋奔去。

雨只能跟上。

接近茅屋的时候，雨和叶停了下来。两人揩去头发上的雨水，不想让奇人看见她们被浇得不成样子。

叶走在雨的前面，抢先来到茅屋门口。她弯下腰透过门的缝隙往里面看。茅屋里虽然昏暗，叶还是看见了不该看见的东西，她一下瘫在了地上。

雨忙凑上前朝茅屋里面看，一条比人还大的黑鱼头正朝门口瞪眼望着她。

雨吓得不轻，转身就跑。叶从地上爬起来一边追雨，一边大叫。

奇人从屋里奔出来，几步追上叶。奇人在她头顶上拍了一下，叶昏倒在地。

雨脚下一滑，跌倒在地，奇人不慌不忙地过来，问："你刚才看见了什么?"

雨瞪着惊恐的眼睛，说："鱼……你是一条鱼!"

奇人笑了，"你没看错，我就是一条鱼。"

雨浑身颤抖，说："求求你，不要吃我。"

奇人看看四周，对雨说："我当然不会吃你，可你也不能坏了我的大事。你告诉我，来这里干什么?"

雨强打精神，说："我来找神仙……"

奇人蹲下来，压低了声音说："我就是神仙。"

雨摇着双手，"你不是神仙，你是鱼!"

奇人辩解说："鱼也是神仙，是水中的神仙。我走得远了些，回来误了时辰，被你看见……”

雨说：“放我走吧！我不会说你是条鱼的。”

奇人盯着雨，“放你不得！”

雨说：“为什么？你说过不会吃了我。”

奇人不再和她争论，伸手在雨头顶摸了一把，转身向茅屋那边走去。经过叶的身边时，奇人弯下腰，在叶的前额上抹了一把。

就好像什么都没发生，奇人径直走回茅屋。

雨两眼发直，慢慢从地上站了起来。

叶伸展一下四肢，从地上坐起。

两人你看着我我看着你，谁都不认识谁。

奇人躲在茅屋里，盼着雨和叶赶紧离开山口，越快越好。

雨和叶怔怔地站着，一动不动。

奇人急了，从门缝里伸出头去，冲着雨和叶用力吹出一口气。过了好一会儿，雨和叶才慢慢往池岸边走去。

这样的雨天，蜈家四兄弟一直躲在窝里，谁都不知道外面发生的事情。那时雨和叶光脚站在巨石旁边，两眼失神，一副灵魂出窍的样子。

她们被人发现时已经过了晌午，雨和叶一前一后站在池岸边发呆。两个认识她们的男人把雨和叶送回部落。刚刚出去半日，雨和叶就成了这个样子，首领丰赶紧派人去请巫祝。

巫祝看了雨和叶，说两人只是中了一点儿邪。自己这就作法，雨和叶很快就会好起来。

丰听了，稍稍安下心来。

半个下午，雨和叶还是没清醒过来。丰急得团团转，叫巫祝赶紧再想办法。巫祝这时也没了自信，告诉丰现在只能去找奇人。

丰想了想，叫来几个身强力壮的男人背上雨和叶，一起去山口。

奇人坐在茅屋里十分懊恼，想不到今天出去远了些就被两个女子看破身形。幸亏自己及时转回将她们迷住，否则所有的辛苦就白费了。说不定哪天这两个女子就会醒来，那时该如何应对？真是一个大麻烦，奇人苦苦思索着。

很快他就有了主意。

傍晚，茅屋外传来一阵杂沓的脚步声。奇人知道，麻烦来了。

奇人推开门，走出茅屋。

首领丰一下跪在奇人面前，求他救救雨和叶。

奇人看着雨和叶，装出十分诧异的样子，问丰这是怎么回事。

巫祝过来说今天中午在池边的巨石旁看见了雨和叶，从那时起雨和叶就成了这个样子。

奇人看了看雨和叶，说她们中了蜈蚣的邪毒，无人能救。丰的脸色一下变得惨白，站在那里一句话也说不出来。

巫祝替丰请求奇人搭救雨和叶。奇人思索了半天说，想要救活雨和叶必须除掉巨石旁的四条蜈蚣，即使这样雨和叶也得经过四十九天才能清醒过来。

巫祝问：“怎样才能除掉那几条害人的蜈蚣？”奇人说：“这就要靠巫祝你们自己，池岸边那块巨石很有可能是他们藏身的地方。”

丰听了奇人的话，立刻叫巫祝派人连夜去湖边搜寻蜈蚣，一条也不放过。

五

蜈家四兄弟遇上了前所未有的麻烦，这倒不是因为他们走在路上怕被谁认出来，而是奇人最后给巫祝的指点。

风声鹤唳，池边到处都是手持火把的人。巫祝比谁都卖力，围着巨石不知道转了多少圈。

蜈家四兄弟站在竹林边，望着池岸亮闪闪的火把，心里说不清是什么滋味。一个平平常常的雨天，他们居然成了这个部落的头号公敌、人人欲除掉的祸患。草丛里、石板下，凡是能够藏身的地方不知被人翻了多少遍；脚步声、敲击声、唾骂声在寂静的夜空中传得很远。

灾难因奇人而发生，这是谁都无法解开的怨仇，四兄弟屏声静气躲得远远的，一点儿办法也没有。

火把一点点地熄灭，部落里的人渐渐散去，四兄弟仍然不敢回到巨石下自己的住所。亮找了一棵高大的竹子爬了上去，明、宝、和学着他的样子各自找了棵竹子，在茂密的竹叶间将身子藏得严严实实。

这个夜晚很漫长，仿佛在故意煎熬蜈家四兄弟的心。

第二天早晨，天晴了。细草和竹叶上的露水还没有干，整个竹林都弥漫着清凉的花草香气。蜈家四兄弟没有一个好心情，他们度过了一个难熬的夜晚。竹竿上的日子不怎么好过，和往日相比四兄弟明显有些疲惫。亮首先爬到地上。

全妲离开山洞到竹林里来找蜈家四兄弟。她站在一块空地上，心里默默地叫了几声，亮第一个来到她面前。

全妲说：“昨夜过得怎么样？”

亮说：“不咋样！”

全妲又问：“以后咋办？总不能整天待在竹子上。”

亮的脑中不知有多少愁思被全妲这句话搅起，眼睛直直的，气也有些喘不均匀。苦闷、惧怕、懊恼全都聚在他的躯体上，别的感觉全都失去了。

明、宝、和全都跑了过来，蜈家四兄弟当着全妲的面开始商量今后的打算。

宝说应该先出去躲一躲，过些日子雨和叶清醒了他们就没事了。

明的意思是如果雨和叶死掉，他们就再也不会有消停日子了。

和心里恨恨的，说要想个法子给奇人栽个赃，让他也不好过。

亮说他们兄弟四个根本就不是奇人的对手，弄不好会被奇人活生生吞下肚去。

全妲也拿不出好主意，说还是去找找飏，看他怎么说。

亮觉得只能如此，四兄弟跟着全妲一起往山洞走来。

几乎就在全妲和蜈家四兄弟在竹林里说话的时候，离也进了竹林，在一个谁也不曾来过的地方，离捡起一块石头。她犹豫了一下，照自己的脚踝砸了下去。很疼，但与自己的期望相去甚远。

她又举起石头，照着脚踝，一下，两下……一下比一下轻。

就是不行。

离咬着牙，闭上眼睛，举起了石头……她叫了一声，扔掉了石头。

她成功了，自己爬出了竹林。

飏被离的哭声吸引，跑出山洞，看见她趴在地上。

离指了指自己的脚踝，不说话，一个劲儿地哭。飏吓了一跳，弯腰将离从地上扶起。离试着迈出一步。“哎哟”一声，她差点儿摔倒。飏在离的身前蹲下来，要背她回去。离有些不好意思，站在那儿一动不动。在飏的催促下，离伸出双臂抱住飏的脖子，前胸紧紧贴上他的后背。飏背起离，走进山洞。

飏将离放在铺上，离乖巧地躺下来等着飏。飏细心察看她的伤势，的确不轻。飏问她怎么伤成这样？离又凄然地哭起来。飏不再去问，小心地给她揉捏受伤的地方。离显得很痛楚，一下子坐了起来。

飏的手法的确不错，离的身子渐渐松弛下来。但她还是怕他不小心弄疼自己，两只小手紧紧抓着飏的胳膊。飏抬头看离时，她的眼神有些迷离。

全姐带着蜈家四兄弟走进山洞，看见离躺在铺上，飏坐在她身边正在为她揉捏脚踝。蜈家四兄弟一齐上前问离怎么了。

离双眉紧皱，表情十分痛苦。飏回答说：“离刚才去山洞外，回来时把脚踝给扭伤了。”

全姐蹲下来，看离伤得重不重。离说：“不要紧，现在只是不敢活动。”全姐见离的伤并无大碍，便跟飏说起蜈家四兄弟的事情。

亮说他想和三个兄弟去东边的大峡谷，璞和娈女曾在那里住过一段日子，现在他们已经回了天上，茅屋还在。

飏觉得亮说的也未尝不可。

离眼睛微闭，看似听着他们说话，其实一个个与飏有关的主意在她心弦上回旋着。

全姐不想让蜈家四兄弟离开，她认为黑鱼化身奇人盘踞在山口为了什么没人知道，雨和叶失去意识之前又去过那里，奇人为什么要加害蜈家四兄弟，这些事情都没有一个明确的指向性，蜈家四兄弟应该留下来继续看着奇人。

听到这儿，离心里一紧，不由得睁开了眼睛。

很快她又镇定下来，全姐说的这些毕竟与自己一点儿关系也没有。她放下心来，装作睡着。

飏认为全姐说的有些道理，蜈家四兄弟就暂时留在这儿，估计部落里的人也不会折腾得太久，日子一长也就懈怠了，奇人说的话人们也未必完全相信。

全姐说就让蜈家四兄弟和飏住在一起。离受伤了，这边需要安静。

听全姐说让蜈家四兄弟和飏住在一起，离心里暗暗叫苦。全姐经常出入，离想接近飏已很不方便，这回飏的身边又多了四条黑汉，这是她无法容忍的事情，很多年以前她就讨厌这四个黑黑的怪物。

不能容忍又能怎样？全姐和飏已经决定下来，离只能接受。

她又抱怨起奇人来，都怪他弄巧成拙，险些坏了大事。当年离跟随蟒来过金水池，奇人对老友蟒提起过他的这四个近邻，因此离对蜈家四兄弟并不陌生，那天她从早到晚一直坐在巨石旁就是要引起这四个怪物的注意。

今天早上这一出戏，飏一点儿都没看出破绽，甚至还对离表现出了极大的同情。这是个良好的开端，离不相信飏对自己一点儿感觉都没有。

如何才能让蜈家四兄弟从飏的身边离开？离苦苦思索着。

事情的发展没有想象中那么复杂。傍晚的时候，池边就没了昨天那样的喧闹，只有很少几个人举着火把翻翻这儿弄弄那儿，不一会儿就离开了。蜈家四兄弟也有了闲心跑到竹林边去瞧热闹。

接下来的两天，池边一点儿事情都没有，那种闹哄哄的场面像是过去了一千年。

首领整天守着雨和叶，祈祷她俩快点儿好起来，对除掉蜈蚣精的事情根本不上心。

蜈家四兄弟在山洞里只停留了一天多，到了第三天就完全从离的视线里消失了。离脚踝上的伤就像她的心情，一天天地好了起来。

离的计划正在顺利进行，并未因为蜈家四兄弟的到来而受一丝一毫的影响。全姐以为飏的身边多了这几个人，所以一直没回洞中来，离反倒觉得方便多了。

没有全姐在身边，飏也放开了许多。

然而他们之间还没到什么都可以做的地步。

第八章 大峡谷（二）

奇人心情出奇地好，一出小把戏就成功将蜈家四兄弟驱离，而且还使他们陷入一种非常危险的境地，世上几乎没有比这更惬意的事情。

和往常一样，奇人又坐在通向山口的土路边等着与过往行人搭讪。

山口外面偏偏跑来一只鼬，它低着头一边走一边嗅着地面，很快就接近了奇人。奇人盯着它，一动不动。或许是鼬精神太过集中或许是它的眼神不好，快要撞到奇人的时候才抬起头来。它一下子愣住了。

奇人正瞧着它，嘴角挂着一丝笑。

一路搜寻过来，美味竟然是个大活人，他完全可以置自己于死地。鼬吓坏了，掉头就跑。

鼬跑出不远，又回头去看奇人。它想弄清楚：刚才撞见的究竟是人还是鱼？

奇人端端正正坐在那里。

美味没得到，鼬还受到了羞辱。奇人的眼神明显带着嘲弄，此刻鼬的心情不仅是疑惑，还带着紧张和难堪。鲜鱼的气味令它迷惑和欣喜，打老远的地方就闻得到，到了近前竟然成了一个下不了口的活物。

鼬怪自己今天运气不好。

奇人不去理会鼬，他的心思全在离那里。

离这几天一直没有消息，她和飏的关系究竟到了什么程度？和飏周旋，离有着与生俱来的优势。离不是一般的女子，不但头脑灵活，行动更是机警敏捷，在所有的水蛇中离是个佼佼者。但能否拿到玉符那还得看她的运气。

离的缺点显而易见——水性杨花和心肠不够狠毒——注定不是个成就大事的女人。然而奇人正是看准了离的这个缺点才选择了她。

早晨，飏在山洞外烧好了粟米粥，然后回到山洞接离出去吃饭。离面朝里躺着，像是睡着了。飏没去惊动她，站在身后等她自己醒来。

过了一会儿，离还是没有动静，飏悄悄在她身边坐下，看着她熟睡的姿势。

离的身材与天上的仙子相比一点儿也不逊色，仙子们衣袂飘飘、云髻盈盈却没有离身上那种成熟女人的气息。飏是第一次这么近距离看一个女子的身体，离披散的长发遮住了她的半张脸和肩膀，透着一股神秘，粗糙的麻衣和草裙无论如何也裹不住她那恰到好处的丰盈。

飏看得入迷，还真不希望离立刻醒来。

他把全姐和离做了一番比较，全姐妩媚中带着端庄，让人

生畏；离标致中露出柔媚，使人迷惑。究竟哪个更好，飏说不清。

离翻过身，睁开眼睛。

飏看着她的脸，没有躲闪。

离坐起来，冲飏笑笑。

飏觉得离是这个世界笑得最美的女子。

离看着飏，说："我睡着了，没盖好身子，让你见笑了。"

飏看着离的眼睛，说："我烧好了早饭，你睡得那么好，就没把你叫醒。"

离抬起胳膊，两手向耳后去梳理自己的头发，说："这几天怎么没见全姐回来？"

飏有些心不在焉，说："她经常这样，一出去就是好几天。"

离说："你和全姐住在一起那么久，怎么不关心她？"

飏看了一眼洞口，说："我们没有住在一起。"

"我不信！"

"真的！我没和她住在一起。"

离低下头，看着自己的脚踝，说："再过几天我的伤就好了，那时我就得离开这里。"

飏说："你要到哪里去？"

离眼里带着迷茫，说："不知道。"

飏说："还是别走了，你走了我会惦记的。"

离抬起头，看着飏，说："你不必惦记我。"

飏一时找不到合适的话对她说。

离不说话，看着他。

飏看着离的胸脯，说："我不想让你离开。"

离问："为什么？"

飏很自信，说："我总觉得我们应该在一起。"

离有些黯然，"我只是暂时在这里栖身，早晚是要离开的。"

"如果我不让你走呢？"飏看着离。

离没有回答。

"答应我，一直留在这里。"

"我留在这里，全姐能答应吗？"

"是她把你背回来的，她更不会让你走。"

"那咱们三人算什么关系？"

听离这么说，飏还真的不好回答。他想了想，说："在那些部落里，没有人说谁和谁住在一起就得先说好是什么关系。"

离问："你是说我们可以住在一起？"

飏眼里露出一种神采，看着离，"只要你愿意。"

"我愿意……"离终于吐露了自己的心声。

水到渠成，这个夜晚飏用石头把洞口堵好，然后把铺盖搬到离住的地方。黑暗中两人紧紧拥抱在一起。

离躺在飏的怀里，听着山洞外的蛙鸣声，对玉符的希冀正一点点淡去，灵魂和肉体缱绻在男性粗重的呼吸声中。

第二天早晨醒来，离回想着和飏一夜的缠绵，傲然地感到自己这些天苦心经营换来的快乐，足以抵过进入天河的愿景。

飏还懒懒地躺着，离来到外面，默望竹林沉思着。她忆起自己远方的家——大峡谷谷底的溪流旁边，从出生到长大她和

同伴每天都面临同一件事情——杀戮和被杀戮。一次夜里她出来活动被獾抓住，她在獾的利爪下苦苦挣扎。遍体鳞伤的她以为必死无疑，幸亏一条巨蟒从这里经过将獾驱离她才死里逃生，从那时起她就跟随巨蟒再也没有离开。

巨蟒将自己平生所学全都教给了她，几年后告诉她可以离开了。分别时巨蟒告诉她以后不管走到哪里都要善待天下苍生，不要伤害任何生灵。离开巨蟒，她在峡谷里找到一个山洞隐居起来。原以为自己可以无欲无求地活下去，但一看见部落里的男男女女，离心中就有了躁动。她发现自己的内心原本就不是真的静寂，想来想去，她终于明白巨蟒为何要她离开。

一天，黑鱼来找她。黑鱼说一个天资聪颖的男人正在金水池的山洞里等她。她不但可以得到情爱，而且还能和黑鱼一起进入天河。

千载难逢的机会，她犹豫之后终于答应下来，随后金水池的巨石旁就有了一个落难女子。

眼下情爱有了，自己还想进入天河吗？

她显然没了主意。

还是奇人看得准，离真的是水性杨花。

全姐进入池底已经五天了。金水池没有谁能够说出黑鱼的来历，甚至它经常出现在哪里都没人知道。全姐想解开奇人秘密的希望几近破灭。

在池中，全姐感觉自己十分灵活，甚至比在陆地上行走还要轻盈。她可以听见身体轻轻划开湖水的声音，但衣服不会湿透，视线也不会受到任何阻碍。水中的世界是值得欣赏和玩味的，但这只属于全姐，尽管她是一个陆地上的精灵。

作为蝎，她最初的形体已经被荷叶取代，那是水神的杰作。因为幼年一次无知的冒险她失去了蝎的身子，灵魂却意外得到拯救，这种幸运对其他蝎乃至任何一种生灵都是可遇而不可求的事情。因为有了这种机缘，她还将活过一段很长很长的岁月，没有风烛残年的困扰。

已经是夏天，金水池荷花刚刚绽放。全姐喜欢荷花，她想在这里多留一晚。离池岸稍远的地方有一朵半开的白莲，全姐看着花苞，身子一缩藏了进去。

远处是一片蔚浓的竹林，竹林背后是连亘的山峦，头顶是明净的天空，身下是碧澄的池水，荷花之中小憩，俨然就是神仙。

全姐知道白天奇人不会进入池中，自己可以好好地歇歇了。

天完全黑下来，起了风，荷叶轻轻地摇晃。全姐透过荷花的缝隙向外张望，一大片黑云从天边向金水池飘来。

快要下雨了。

全姐一下有了紧张，这样的天气奇人说不定啥时就会回到池中，机会或许真的来了。

湖岸上几个精灵跑来跑去，那是在寻找能够躲避风雨的地方，全姐没心思理睬它们。

夜色茫茫，雨声沥沥，金水池已经进入梦乡。全姐全神贯注，望着巨石旁山口的方向。

远远的山口那边升起一团雾气，尽管是雨夜，全姐还是看得很清楚。

雾气缓缓向池岸这边飘来，全姐相信那一定是奇人，昭彰正直之人没必要把自己遮掩起来。

全姐没有面临过眼前这种状况，不知道接下来会有什么样的事情发生，心里更加紧张。她想把蜈家四兄弟叫来，但又怕惊动了奇人。她从未感到如此单薄与虚弱……

雾气越来越近，最终在巨石旁边消散，一条黑影出现在岸边。黑影在岸上停了一会儿又向水边移动。全姐仔细去看，黑影既不像人也不像鱼。

他是谁？为何会从山口那边过来？正想着，黑影一头扎进水里，很快就消失在浪花之中。

是在这里继续守候还是跟踪黑影？全姐没有时间去想，直觉驱使她一下跳进水中。

全姐向湖中心追去，黑影不见了，眼前只有几条小虾小蟹经过。全姐惦记着岸上便往回走。

没走多远，全姐停了下来，她觉得奇人就在附近。

全姐一小步一小步地搜索湖底。

一堆乱石的后面，黑鱼露出尖尖的尾巴。

全姐一阵心跳，趴在湖底朝那边看。

黑鱼像是察觉到了什么，扭过头朝这边看。

全姐确定，它就是奇人。

奇人伏在水里不紧不慢地吞吐池水，悠闲的样子好像他根本就没从这里离开过。

全姐心中升起一丝疑惑，此时的奇人就像一个银须飘拂、面目慈祥的老人，躺在茅屋里正安静地享受晚年，怎么会如此招摇、如此诡异呢？

全姐又想起了雨和叶，如果奇人是一个心无所有、心无所恋的长者，那为何会对两个小小花容下此狠手？这里一定有不为人知的秘密。

能在湖中找到奇人的居所，是令全姐欣慰的，几天来的努力终于有了收获。大约过了半个时辰奇人才转过身去，全姐紧紧盯着他。

奇人有点像顽皮的孩子，接下来的举动简直让人不可思议。他拼命地摇动尾巴，搅动湖底的泥沙，四周被他弄得一片混浊。

奇人真的很奇怪，让人觉得既好笑又很好奇。

当全姐又能看清前面那几块乱石的时候，奇人不见了。

全姐想去追赶，又停住了。既然找到了奇人的住所，就能发现奇人在这里都做了些什么，全姐有这个能力。

她慢慢接近奇人的住处，平整的湖底堆放着几块乱石，并没有什么异常。

渐渐她有了发现，奇人的确古怪，与谁都没有来往，甚至连个邻居都没有。除了去山口以外几乎很少离开这里，而且每次离开的时间都不是很长，大概他是为了觅食才不得不出去那么一会儿。

乱石下面似乎隐藏着一个秘密，全姐看了好半天，还是没能将那个秘密解开。她在奇人刚才搅动过的地方坐下来，渐渐进入虚空。

奇人的秘密渐渐清晰起来，他曾在这里埋藏过一样东西。

但全姐觉得还不止这些，这里似乎隐藏着更大更多的秘密，她凝神敛气苦苦搜索，就是看不透。

其实全姐能看见这些已经很不错了，刚才奇人给自己的住处来了一次大扫除，许多做过的勾当全都消失了。

“全姐醒醒！”有人在呼唤。

全姐立刻使自己回转，睁眼看时，一个女子坐在自己面前。

女子说她是蚌，湖中的一个水卒。水神派她来见全姐。

蚌告诉全姐，奇人是条黑鱼，已经在金水池居住了千年。黑鱼一直向往天河，天地河水贯通日黑鱼溯水而上，在接近天河的龙门时被拦下来。半年前飏来到金水池，黑鱼看见飏身上带着玉符便起了贪念。有了玉符黑鱼就可以顺利通过龙门进入天河，为此黑鱼假作奇人去了山口，寻找接近飏的机会。几天前黑鱼和飏见面，黑鱼差点儿从飏的手里将玉符夺走。

全姐又问起了雨和叶，两人为何去了一趟山口就变得神志不清？蚌告诉全姐，那是一次偶然，因为雨天黑鱼留下真身进入太虚，当他知道自己已经暴露急忙赶回。黑鱼久修得道，不忍加害雨和叶，只是将她们的神识迷住，四十九日后她们自然解脱。

全姐想起自己山洞里的那个女子，问离究竟是什么人，蚌说水神只告诉她这么多，离的事她也不清楚。最后蚌对全姐说，几年前黑鱼从她那里窃走一颗明珠。明珠能隐藏一切有灵性的东西，上次在山口如果黑鱼随身带着明珠，飏是无法找回玉符的。黑鱼劫数已到，在他被困时全姐一定不要忘了替她索回明珠。

全姐答应一定替她将明珠索回，然后又问蚌过去的几年里为何不向他索取。

蚌说黑鱼一度将明珠藏在池底，就是全姐现在坐着的地方，自己有许多机会可以拿回，但修行的人是不会那样去做的。

令全姐不解的是，黑鱼为何要冒着被人发现的危险往来于山口与金水池之间？蚌回答说，黑鱼是水中之灵，不能久居岸上，每隔几日定要返回池中。

蚌说完，转身离去。

全姐站起身，钻出水面。

已经是黎明时分。全姐睁眼看时，眼前细雨蒙蒙，池水潋滟，远处烟雾成霞，山岚抹黛。她有些迷惑，不知自己是否身处梦中。

天大亮的时候，全姐回到山洞前。看着堵得严严实实的洞口，全姐知道飏他们还没有起来，因为离没有力气搬动那些大石头。一整夜的雨虽然停了，山顶那边吹来凉凉的风，全姐站在空地上踱来踱去。

一只野鸡拖着长长的尾巴从山坡那边向竹林前面的灌木丛飞去，消失在全姐的视线之外。全姐看见了几个人影向她这边移动着。

她想：这也许是部落里上山挖竹笋或采野果的人。

但，她看清了走在前面的是亮，他身后跟着明、宝、和三

个兄弟。

全姐看着他们，心里有一种说不清的感觉。

蜈家四兄弟很快就来到她的面前。

全姐从他们口中得知他们四兄弟这几天一直住在巨石底下，山洞里只有离和飚。

亮告诉全姐昨夜奇人好像又离开了山口，弄不清他去了哪里。

全姐一个一个地看着他们，目光里带着责备。

蜈家四兄弟不解地看着全姐。

“我们在和你说奇人的事……”

“你为何这样看着我们?”

“全姐今天怪怪的。”

亮比他那三个兄弟要机灵得多，猜到了全姐情绪不好的原因，撇开三个兄弟和全姐跑向洞口。

光线透过石头上边的缝隙照进洞里，山洞里并不黑暗，飚和离应该知道现在是什么时辰。

听见亮叫他的声音，飚从离的身边站起，来到洞口，将堵洞口的石头搬开。

进入山洞的并不是亮而是全姐，飚有些错愕，刚才明明是亮在叫自己，怎么会是全姐?

全姐并没理会飚，直接往里走去，在离的身旁坐下来。

“几天没看见你了，伤好多了吧?”她虽然在和离说话，心却在离的身下，因为那里还放着飚的铺盖。

离并没有什么拘谨，脸上依旧带着舒爽的笑，说：“已经好多了，多亏有了飚在身边照顾我。”

“是啊！以后就让飚多在这儿陪陪你。”

离看着全姐，没说话。

飚弯下腰，将自己的铺盖从地上拿起，转身向山洞深处走去。

全姐跟在他的身后。

拐弯处，飚把铺盖放在地上。他看着全姐，目光却有些游移。

全姐说：“飚，我问你，你对离知道多少？”

飚想了想，说：“我觉得她和你一样。”

全姐问：“你想过没有，如果她和我一样，何必把自己扮成落难女子？”

飚低头不语。

全姐看着别处，也不说话。她想给飚一点思考的时间。

“飚，你知道奇人是谁吗？”全姐改变了话题。

飚打起精神，问：“他是谁？”

“一条黑鱼。”

“他想干什么？”

“想拿走你的玉符。”

飚完全相信全姐说的话，但他还是有些固执，“玉符带在我身上，他怎么能拿走？”

“你还记得前几天在山口……”

“我再也不会去见他。”

“可他还会来找你的。”

飚显得很自信，“我看好自己的东西就是了。”

全姐将话题又引向离，“你相信离吗？”

“离只是一个女人。”飏说话的声音很低。

全姐知道飏已经陷入情网，自己的话他不一定听得进去，说了句：“但愿她只是个女人。”

山洞外，没人搭理的蜈家四兄弟站了一会儿各自走开了。

离坐在铺上默默地想，昨夜的事情全姐已经知道，她一定会和飏说些对他们今后在一起不利的话。现在飏还没有足够的担当，接下来会发生什么还真的无法预知。

或许飏根本就听不进全姐的话，仍旧与自己保持来往；或许飏从此对自己不理不睬，就像什么事情也没发生过，不管哪种结果现在她都得面对。

还有一种情况可能发生，那就是全姐十分在乎飏，逼着她从这里离开。这对离来说简直就是一种灾难，那种紧张的感觉一下一下地撞击着她的心。

她硬着头皮等着全姐从飏那里回来。

应该说全姐认识到了飏的善良和仁爱，她怕的就是飏被离利用。刚才站在山洞外她就有了预感，飏和离之间已经有了事情，作为女人她多少会有些拈酸。当她走进山洞看见飏和离已经住在一起，这一刻她反而得到了解脱。

璞在这里住了五年，全姐对他的依恋却随着娈女的到来很快黯淡下来。何况飏还没来得及走进全姐的心。

从飏那里出来，全姐舒了口气。她来到山洞口，离坐在那里正朝她这边望。

全姐在她面前停住，心想离还真的很不一般，在一个陌生的地方没用上几天就毫不犹豫地占有了一个男人。

她真是个能干的女子。不对！应该说她是一个很能干的精灵。

山洞外刮起一阵风，近处的竹子摇晃起来，竹叶翻腾着簌簌地响。全姐心里一阵发空。

她在离的身边坐下来。

直到这时离心中的紧张才有了缓解。

全姐往离身边凑了凑，拉过她的一只手，说："你真的喜欢飚吗？"

离眼里透着少有的真诚，点点头。

"那你能不能告诉我，你是谁？"全姐问。

离明显慌乱了，"你知道，我是你捡回来的啊！"她说完这句话立刻低下头去，脸上划过一丝恐惧的痕迹。

全姐坐了一会儿，慢慢站起，向山洞外走去。

离偷眼看着全姐的背影，开始思考自己应不应该继续在这里住下去。

全姐出了山洞去找蜈家四兄弟，接下来的两天她一直没回到山洞里来。她觉得自己出现在飚和离的面前确实有些多余。

飚十分郁闷。全姐刚才说的话虽然没有什么不妥，但飚还是无法接受。他想起和离一整夜的缠绵，得出的结论是：离起码不是一个坏女子。他从离那里获得了愉悦和满足，整个金水池谁也替代不了她。

再说，你情我愿碍着别人什么事？飚开始怀疑起全姐的动机来。

离怎么样了？全姐是不是又去难为她了？

飚来到离住的地方，离正低头坐着，她抬头看了飚一眼。飚发现此时离的眼睛里蕴藏了无限深远的忧郁。

飕在离身边坐下，拉起她白如春笋的手。

“在想什么?”飕问，眼睛看着她。

“我想，你愿意和我长久在一起吗?”

“我当然愿意。”

“那你就带我走吧!”

“去哪里?”

“随便什么地方。”

“你不愿意和全姐在一起?”

她点点头。

飕觉得忧郁中的离也十分好看，尤其是她身上有股好闻的味道，让他入迷的味道。

离知道飕在注视她，脸颊泛起了淡淡的红晕。

飕又有了别样的心思，嘴唇凑上离的耳根。离的心慌慌的，她转过身张开双臂，一下拢住飕的脖子。

“我们一起走吧!”她贴着飕的脸，说话的声音很低。

飕喘息着，“去哪里?”

“一个谁也找不到我们的地方。”

飕和离离开了金水池，全姐是三天后才知道这一消息的。那天上午，亮和他的三个兄弟在半山腰的松林里找到全姐，说飕和离不见了。

全姐并不感到意外，她知道飕和离迟早会离去的，就像璞在这里住了五年说离开就离开了。但她还是跟着亮他们往山坡下走去。

俯望山下，万绿荫遮，烟霞丛生；更远处澄波千顷，一个绝美所在。全姐每隔些日子就要来到池岸边的巨石上默坐。

他们来到山洞前的空地上，全姐看着蜈家四兄弟，让他们想一想飑和离去了哪里。

蜈家四兄弟说他们想不出来。

全姐也不再问，只是静静地望着山脚下的池水。

头顶上空的浮云向天边缓缓地飘移，竹林里的鸟幽幽地鸣啭，风送来远处淡雅的草味，夏天温柔而又固执地显示着它的静谧。

全姐苦苦思索着。

过了好一会儿，全姐对蜈家四兄弟说："你们四个再替我辛苦一次，去东面的大峡谷。看看飑他们俩有什么打算，没有大事情不用急着回来。"

亮问："奇人这边咋办?"全姐说："这里不用你们操心。"

蜈家四兄弟不再耽搁，立刻动身。

飑和离的确去了大峡谷。飑说那里有璞和娈女留下的茅屋，他们两个曾在那里住过整整一个冬天。

离觉得在金水池多留一天都是煎熬，只要有一个栖身之地，不管哪里她都愿意去。

飑和离是一天夜里离开金水池的。那个时候奇人去了池底，夜里更不用担心有人看见他们走出山口。

飑不明白离为什么这么急着离开。他对离说自己在金水池住了这么长时间，必须要等全姐回来当面向她辞行。况且离也是全姐从湖边救回来的，无论如何也得和她见上一面才能

离开。

离说全姐这次出去说不定多长时间能回来，她不想在这里留得太久。如果飏非要等全姐回来，自己可以先走，飏以后再去找她。

飏拗不过离，只能按她说的做。

那天夜里，离一个人在山洞外面坐了很久。飏几次叫她回到山洞里离都没有答应。飏不明白离为何这样古怪。

午夜过后，离回到洞里，对飏说现在准备离开。

离卷起铺盖，用一根麻绳系好后递给飏。飏接过背在身上，两人出了山洞。

他们谁也不说话，默默地朝山口走去。离的固执让飏感到郁闷，但为了能和她长久相守，飏已经有了担当。

暗淡的天幕下，没有星光也没有月光，天阴得就像一座千年古墓。飏觉得他就像是走在虚幻的梦影里。自从来到金水池，他见到了璞、瑶和琪，还有娈女。他们和自己一样由于各种各样的原因来到这个世界上，如今他们全都回去了，只剩下了自己。人海尘途中，与自己相伴的只有身边的离。

离别聚合，萍踪浪迹，活着究竟为了什么？飏微微叹了口气。

三天后他们看见了那道峡谷，又过了一个夜晚他们才走出谷底。在山脚下的一条溪流旁边，他们找到了璞和娈女曾经住过的茅屋。

过去的这个冬天，飏和全姐两次来到这里与璞和娈女相伴。那时璞对他们说从这里往东有很多的部落，人们出入山口都要经过这里，因此他和娈女并不寂寞。

茅屋外面石头堆砌的灶台如今还在，飏去附近的部落讨来了火种和粟米，离去地里挖来一些野菜，两人开始了新的生活。

让离感到惊奇的是茅屋的四周生长着一种她从未见过的花。她找来飏，指着它们问这是什么？飏告诉她这叫百合，是璞在这里种下的。

离一下喜欢上了它们。但她不知道璞在这里因为百合经历了一场磨难。

飏和离穿行在百合花丛中，各种颜色的花朵竞相绽放。它们或许是替璞欢迎这两位远来的客人，或许是在向他们寻求呵护。

百合是幸运的，部落里的人仍旧称它们为吉祥草，每一座茅屋的周围都生长着几株或者十几株。它们身边再也没有毒虫的光顾。

到了夜晚，飏拴好茅屋的门，然后躺在离的身边，说：“全姐现在该知道我们已经离开了吧？”

离说：“不但知道，而且还知道我们一定在这里。”

飏听她这么说，心里越发感到愧疚。

“但愿她别怪罪我。”

“她不会的。”

“为什么？”

“她和我不一样，她不想和你在一起。”

飏听了离的话，就像一股寒风从心上拂过，对全姐的思念和愧疚一下淡了许多。

离说：“人生聚散无常，转眼各自西东。就像你我，在一起能有多久，我都不敢想。”

刚刚来到一个新地方，飏不喜欢这种凄绝冷清的谈话。他一把将离拥在怀里，“别想那么多，你我在一起就是快乐。”

五

天边的太阳很快就要落到山后，余霞洒满金水池，岸边的草地和竹林都披上了一道绯色的薄纱。

奇人站在茅屋前望着山口，默默沉思着。他似乎感觉到了一种即将到来的机缘。

飏和离已经离开金水池。不但离开了金水池，也离开了全姐和那四条小矮汉子，这对奇人来说算不上坏事。

奇人相信飏和离一定去了大峡谷，因为离原本就来自那个地方。让他不解的是离为何要背着自己，并且选择在夜间自己不在山口的时候离开。这显然不是飏的主意，一定是离想摆脱自己才这样做的。

看来离已经死心塌地投入飏的怀抱，这个水性杨花的女人。

奇人计算着他们的行程，从这里到大峡谷至少得三天时间，自己没必要现在就赶到那里去。没有了全姐的干预，时间一长飏和离很快就会松懈下来。

奇人和往常一样整天坐在茅屋前看着往来山口的人，有时也来到路边与人搭讪几句。

全姐有些疑惑，奇人在打什么主意？

一天夜里，奇人回到池中。从此，他离开了山口。从早晨到黄昏，奇人茅屋的门一直大开着，谁也不知道他去了哪里。

全姐很少进入池底，白天她守在山口，夜里躲在池边的巨石旁看着池面。今天夜里她又一次潜入池中。

奇人伏在乱石中间慢悠悠地吞吐池水，似乎什么念头都没有。

全姐不想惊动他，转身离开。

奇人不但耳朵好使，视力也不差，全姐的一举一动他看得十分清楚。可他一旦来到岸上不论眼睛还是耳朵就都不如水下那么灵巧。

过了一会儿，奇人估摸全姐已经上岸，差不多已经回到山洞的时候，一下子跃出水面，悄悄走向山口。

全姐从巨石后面站起，远远地跟着他。

下弦月挂在头顶的正南方，奇人出了山口，蹚着荒草一路向东，两天后走进了大峡谷。

奇人知道离一定不会回到她原来居住的地方，因为她不想让飏知道她是条水蛇。奇人沿着谷底一直向北走去，去年秋天璞就是从这里走出峡谷的。

当太阳升起的时候，奇人走出峡谷，站在山脚下朝东面望去。不远的地方似乎有座茅屋，奇人迎着晨雾向茅屋走去。

茅屋前的空地上升起了炊烟，当奇人看见飏和离的身影时，吓得一下趴在了地上。

地上的蒿草刚好遮住奇人的身子，奇人战战兢兢，不住地祈祷自己别被飏和离他们发现。

飏和离全神贯注地烧早饭，根本没有注意远处发生的事情。

奇人伏在草丛中，一点点向身后的灌木丛退去。他那屈曲的身子很不雅，就像一条虫子在草丛里蠕动着。

全姐躲在山坡上，看着眼前发生的这一幕几乎要笑出声来。

奇人在山坡下躲藏起来，他在等待机会。

全姐绕开奇人藏身的地方，随后将蜈家四兄弟叫到身边，远远看着飏和离居住的茅屋。

飏感觉不到身边潜伏着危机，对新地方自然感到一番新奇。飏把玉符交给离，自己每天出去转悠，离对奇人心存忌惮并不愿意替飏保管玉符。飏说玉符整天挂在身上很不方便，把它放在离的身边他更放心，况且他们住的这个地方从没有人来过。

一天上午，飏自己出去了。茅屋里只剩下离自己，奇人大摇大摆走进离的茅屋。

奇人的到来让离大吃一惊，她本能地退向墙壁，用身子挡住地上的玉符。

“你怎么来了？”

“我们不是早有约定吗？拿到玉符就一起离开。”

离稍微镇定一下，说：“玉符带在他身上，我根本拿不到。”

奇人微微一笑，“你是不是改主意了？”

离看着奇人，说：“不是你想的那样……”

奇人不慌不忙，从口中吐出一颗亮闪闪的珠子用手指着，说：“它能告诉我玉符在哪里。”他仔细看了看珠子又重新把它塞进口中，上前一步将离拉开。奇人弯下腰掀起铺盖，一把将玉符抓在手里。

离扑过去双手揪住奇人。奇人并不挣扎，从容地说："这玉符你是抢不回去了，我早就知道你是个靠不住的女人，根本就没打算和你一起去天河。"

"你是个骗子……"离喊出的话都变了声。

"你知道得太晚了。"奇人胳膊一甩，离摔倒在地。离抓住奇人的一条腿，就是不肯松开。

奇人急了，伸手去掐离的脖子，玉符掉在地上。

离大喊大叫，一下惊动了飚。

飚刚刚走近山口，不知发生了什么，急忙往回跑。

茅屋里面，奇人和离扭打在一起。外面蜈家四兄弟将茅屋紧紧围住，全姐一人闯进屋子。

奇人并不惧怕，从口中吐出明珠要打全姐。离从背后一头撞向奇人，全姐一闪，奇人摔倒在地，明珠滚落一边。

离扑上去和全姐一起将奇人按在地上，蜈家四兄弟也从外面钻进屋子。离从地上抓起玉符和明珠，不知自己该做什么。

飚跑进屋子，看见奇人被蜈家四兄弟按在地上，全姐和离站在一边。飚的脸一下变得通红。

"没想到会是这样。"飚这句话像是说给自己，又像是说给别人。

奇人扭过脸来看着飚，"我也没想到会是这样。"

全姐对飚说："奇人该怎样发落，你自己决定吧！"

飚叫蜈家四兄弟放开奇人，奇人坐了起来。

全姐拉了离一把，蜈家四兄弟跟着她们俩一起走出茅屋。

屋子里，飚和奇人面对面地坐着。过了好一会儿，奇人垂着头从茅屋里走出来，看了离和全姐一眼，从她们两人身边走了过去。离、全姐和蜈家四兄弟望着奇人的背影，一脸的茫然。

奇人没有回金水池，一路向东直接去了大河。

飏走出茅屋，来到全姐身边，“多亏了你……”他又看着蜈家四兄弟，说，“也让你们受累了。”

全姐冲他笑笑。

飏显得很不自然，到现在他仍未能摆脱这次出走带来的难堪。

离却很坦然，她已经把自己的来历以及和奇人之间的事情全都告诉了全姐。

全姐为她的坦诚所感动，心中那些黯淡早已经过去了。

蜈家四兄弟看着他们，回想这段不平常的经历，恍如一梦。

离问飏跟奇人说了什么，飏接下来的回答让离和蜈家四兄弟十分意外。

刚才他们坐在屋子里，飏给了奇人足够的宽容。他告诉奇人，作为尘世上的精灵，无论有多大本领都无缘天上，奇人即使有幸进入天河也不能久留，因为他们没有星座所以无处容身。

奇人即刻憬醒，他为自己的荒唐而羞愧，原来自己追求的只是一场虚幻和梦想。

飏还告诉奇人自己来到这里也是一念之差，更不会在这里留得太久。

奇人说他不想再回金水池，他无法面对全姐和蜈家四兄弟。

飏告诉奇人从这里一直往东有条大河，和金水池比一点也不逊色，奇人可以在那里修行。

奇人再三恳求飏到水神那里帮他洗去自己文案上的污点。飏说他无法做到，水神只是给他涂了一大一小两个灰点，不似黑点那样不堪。奇人只需积累功德，总有一天会获得清白之身。

胭脂渡又来了一位船家。

船家做了很大一个木排，每天在这里摆渡，什么也不收。

很久以后船家走了，接着又来了一位新船家仍旧在这里摆渡，什么也不要。

部落里的人说，他们在这里住了几辈子，船家一直是这样。

第九章 天　河

一

瑶和琪又看见了天门。

这一刻她们多少有些担心，害怕守门的兵丁盘问。琪要瑶把仙草放上头顶，但很快她们就发现那是多余的，四五个仙子从她们身边走过，一直走进天门。瑶牵着琪的手若无其事地跟在她们身后。两个兵丁只顾看出去的人，对走进天门的这群仙子根本不去理会。

走进天门，瑶放开琪的手，想着出去时的尴尬，两人相视一笑。

她们又看见了天河。

平静舒缓的天河烟霞缥缈，从东南一直流向西北，没有人知道它的尽头在哪里。每年初春和盛夏各有一个日子天地河水相通，平日里这里总是一派寂静。

茶山、菊坡、筱园坐落在天河的东北岸上，只有一处天门通向外边。

瑶和琪沿着天河往前走去。

茶山就在前面，临分别时瑶告诉琪回到菊园要处处小心，不要和任何人发生冲突。

琪点点头说她记下了。

瑶看着琪向菊坡方向走去，心中一阵感激，自己能够活着回来多亏了琪。她又往前跟了几步，看着琪模糊的背影，心情又转为绵绵无尽的担忧。

琪回到了菊园。

管园的公公不知道去了什么地方，到现在还没有回来。琪不声不响，提水浇地照旧去做自己的活计。这次出行不过几个时辰，没人知道她去了一趟人间。琪处处赔着小心，再也不像过去那样张扬，看人时脸上总是带着微笑。刚进门时金菊和白菊又对她指指点点，琪装作不知。

几天后，公公回来了。他听到的都是关于琪的好话，相安无事。

做了一回村姑，琪变得成熟了。春风中，琪无拘无束怡然自得。

瑶回来后没遇到任何麻烦，几个采茶仙子都知道她去了哪里，让她们想不到的是瑶这么快就回来了。瑶没有什么隐瞒，把自己的经历全都告诉了她们。瑶是这群仙子中最文弱的一个，她得到了仙子们的呵护和同情。瑶在她们面前总是孩子样的稚气与忘我，这也许是瑶最聪明、最过人的地方。仙子们全都喜欢她。

瑶在茶山上坐了一会儿，把刚刚过去的事情又回忆了一遍，除了有些遗憾，并不像刚刚离开山口时那样感伤。望着身边的浮云，瑶对璞的思恋正一点点地淡去，因为璞的身边已经

有了娈女。

瑶的生命朴实无华。茶山太小了，她只是一个采茶仙子，没有让人过目不忘的非凡本领，这里所有的仙子都是一样，默默无闻采茶度日，岁岁年年。瑶不甘寂寞，渴望着自己的前程光彩四溢。这次人间之旅让瑶的命运发生了改变，因祸得福。

瑶抬头向正北方天上望去，一个星座正从那里向这边移来，左右两个小星座紧紧相伴。瑶觉得非同寻常，慌忙站起。星座在瑶头顶的上空隐去，一位身着广袖对襟蓝衣的娘娘和着绛、绿衣衫的两个童女从空中走了下来。

瑶慌忙跪倒，她不知道面前的这是哪位娘娘。

娘娘在瑶身前站住，说："瑶，吾乃九华玉阙后土是也。"

瑶抬头望去，后土娘娘妙相真身正看着自己。瑶初见后土娘娘坤元之美心生感激，一时不知如何表达。

后土娘娘感知，心生怜爱，说："瑶，你的事情我已尽知，今收你为殿前侍女。"

瑶的情感受过理智的熏陶，这次人间之旅让她在悲凉中对未来不再有更多的奢求，能平平安安地守在茶山也是一件美好的事情。进入九气青天的玉阙固然圆满，但那种事情对她这样的采茶仙子真是可遇而不可求。此时瑶还是觉得这种圆满、这种快乐来得太突然，她不相信从此自己走上了一条星光路途，然而这是真真切切发生着的事情。聪慧和机敏又给了她展现自我的机会，瑶站起再次与娘娘见礼，感谢娘娘知遇之恩。

后土娘娘又向绛衣童女交代几句，然后和绿衣童女离开。瑶看着娘娘和绿衣童女远去，一直到看不见。

绛衣童女上前和瑶见礼。

“恭喜上清玉女，贺喜上清玉女。”

此刻的瑶是幸福的，因为这不是庸愚人的圆满。从此瑶将站在圣洁高傲的宫殿楼台上睥视世俗的旋涡和波涌，她已不再是一个普普通通的采茶仙子。

瑶微微含笑，对绛衣童女说：“谢谢仙女。”

绛衣童女催促瑶立刻和她返回玉阙。瑶说她还要和仙子们道别。

采茶仙子们早就看见了这里发生的一切，立刻围了过来，拉着瑶的手似有说不完的话。

时候不早了，瑶和绛衣童女乘着一片彩云离开茶山。

仙子们抬头看着天空，悠然远去的云彩，清纯而高远。

瑶去了九天玉阙，匆忙中她忘记了带走那株仙草。

璞告别鼋婆和娈女，独自走出天河。原本就没有什么道路，都是云来云往，没人注意到璞。用不了多一会儿，璞就看见了竹林。

离筱园越近璞就越发不安，他害怕见到管园的公公。公公看上去并不严厉，但那是平时。私自离开这么多天，璞可是犯了大错，他不知道自己会受到什么样的惩罚。

筱园似乎没有什么变化，一样的山峦，一样的翠竹，一样的楼台，空旷而肃静。这番安宁的好景色璞越看心里越是发慌。

心神不宁。

璞在筱园门前的一棵大树下站住。门口空空的，只有风摇动着树的叶子。

璞默默地望着园门里边。浓荫下横着一条石凳，那是璞守门坐着的地方，今天他不敢去坐。

一个流浪的童子从璞的身后经过，见璞愣在那里便停下来看他。璞这时也转过身来看他，童子无心理会，走开了。

站了一会儿，璞看见琯从园门里出来。琯是筱园里的粗使，由管园的公公直接差使，璞每天都能看见他在院子里干活儿。

璞走过去，小心地问："琯，公公在吗?"

琯看了璞一眼，"你啥时回来的?"

璞回答说："刚刚回来。"

琯望了望璞的身后，没有别人，便说："公公困了，正在房里睡觉。你先在这儿候着，一会儿公公就会出来。"

琯要自己在这里候着，璞有些不明白，一个平日里见了自己要先打招呼的粗使凭什么规矩起自己来了?

璞心里不快，脸上却没表现出来。

琯在树下的石凳上坐下来，悠闲地看着远处。

璞更有了反感，一向恭谨的琯怎么会这个样子?自己不过离开几天，一个粗使竟然端起了架子，琯太过分了。

璞忍了忍，问琯："我不在的时候，公公生气没有?"

琯板着脸，说："你还好意思问?公公看谁都不顺眼，你把我们都给连累了。"

璞害怕了，马上放下了身段，凑上前请求琯帮帮自己。

"琯，看在平日里的分儿上，你替我回公公一声，说我回来了。”

琯连连摇手，说：“别别别，这事还是你自己和公公说去吧！我可没你那么大的面子。再说我也没有时间。”

璞央求说：“求求你了！反正你现在也是闲着。”

琯反问璞：“你看我闲着吗？”

璞仔细打量着琯，他明白了，琯已经取代了自己，再也不是园子里那个提水、扫地、锄草的粗使。

琯今天的确很神气。

璞连忙赔礼，“对不起，我不知道……”他不知该怎样说下去。

琯的气顺了许多，“唉！你出去一趟，惹出事来也挺可怜的。我给你出个主意，你现在就朝门口跪着，一会儿公公出来看见也显得你诚心悔过。那时我再给你求个情，怎么样？”

璞有了难堪，觉得琯是在戏弄自己。

琯见他没答应，就不再理他。

璞今天有些呆头呆脑，连说话都有些不利索。两只眼睛倒是瞪得大大地望着园子里。

时间一点点过去，公公不知什么时候就会出来。璞越来越焦灼，该不该像琯说的那样去做，璞没了主意。

粗使珈和琨正好从园门口经过，看见璞站在门外，一齐和他打招呼。

“璞，你回来了？”

璞冲他俩点点头，说：“刚回来。”

珈招呼璞说：“进来吧！”

璞摇摇头。

琨回头看了一眼身后，小声说："公公来了。"

身后传来管园公公说话的声音，"你们两个不去干活儿，站在这里干什么？"

琨回答说："璞回来了。"

公公听见琨说的话，朝门口走来。璞几步跑进门里，在公公身前跪下。

园门外，琯站起身朝园子里边看。

公公看着珋和琨，说："你们两个干活去吧！"

珋和琨赶紧走开。

公公朝跪在地上的璞说："你跟我来。"他率先往回走，璞跟在他身后。

琯慢慢来到门口，看着他们的背影。

璞跟着公公来到一处青瓦屋前。璞上前将门拉开让公公先进，自己随后跟了进去。

公公在桌子旁边的藤椅上坐下，璞低头站在他面前。

完全出乎璞的预料，公公没有责罚他，反倒问起璞这几天的经历。璞不敢隐瞒，如实回答。

公公听完，说："你给我下一个保证，保证以后不再离开。"

璞万分感激，立刻保证说自己以后再也不会私自离开。

公公说他相信璞，最后仍要璞去守园门，并要他把琯给叫回来。

璞跪下来谢过公公，然后出去了。

琯是幸运的，七八个粗使中只有他能够顶替璞去守园门。摆脱了园子里的粗活儿，琯神气地坐在筱园门口的石凳上眺望远处的天河。

不知什么吸引着他，琯压根儿就没注意到璞已经出了园门，正一步步向他走来。

璞在他的身后站住。

琯很羡慕璞的这份差事，如果璞不私自离开，琯就没有坐在这里守园门的机会。琯聪明伶俐很讨公公喜欢，璞离开天上的事情就是琯告诉公公的。公公只是临时把这份差事交给了他，琯高兴得不得了，以为自己永久摆脱了做粗使杂役的命运。琯盼望的是璞永远也别回来。

当璞一步步朝他走来的时候，琯的心猛地一沉。第一反应就是璞会把他从这里挤走，他还要回到园子里去做粗使。

琯不甘心，虽然他无法阻止璞的归来，但他可以让璞不能留在这里。心里一急，他马上有了主意。他要好好羞辱一下璞，叫他跪在园子外面悔过。应该说琯的这个主意还真的老辣，他就是要天河边上乃至所有经过这里的神仙都知道璞是个戴罪之人，璞必须接受最严厉的惩罚。

璞更幸运，管园的公公并没有责罚他，仍旧让他去守园门，这已经是十全十美的事情了。璞记着公公的吩咐，不敢拖得太久，冲着琯说：“琯！公公叫你去一趟。”

琯回头看着璞，心中明白璞已经来接替自己了。但他心中仍然保留着最后一丝希望，问：“公公叫我去干什么？”

璞回答说：“公公没说。”

琯又问了句，“那你来做什么？”

璞说：“我来守园门。”

琯最初的那副姿态一下不见了，站起身来说：“公公真的对你好，我要是能得到这样的庇护早就跑他个十遭八遭了。”

璞笑笑，说：“公公在等着你。”

琯无奈地走回园子里。

璞从这一刻起又像从前一样地看门，一样地游荡，一样地闲散。

璞终归是个幼稚的少年，这趟人间之旅让他的情感世界发生了很大改变，他完全迷失在自己编织的情网之中。因为归来后没受到任何责罚，璞自然不懂得规矩自己，人坐在园门口的石凳上，心又飞上了茶山。

瑶，她现在怎么样了？

璞有了一种马上就见到瑶的愿望，这愿望比以往任何时候都强烈，除此之外没有任何事情能让他提起精神来。

在金水池他们谈了一个夜晚。其实更多时候是璞在说，瑶静静地听。瑶显得很平静，完全看不出她到金水池是为了璞。黑暗中，璞几次想把她拥在怀里，但瑶还是拒绝了他。最后璞要瑶留下来，但瑶就是不肯。

五年的期待说过去就过去了，只有巨石旁的分别成了璞一份永久的记忆。那时瑶回过身来向他无声地摇着手，璞往前走了几步，泪眼里山口影影绰绰，瑶和琪影影绰绰，一切影影绰绰。

璞约束不了自己，又去了茶山。山坡上四五个仙子正在采收晚茶，没有瑶。璞想问她们瑶在哪里，但终究还是忍住了。

他又想起了琪。琪一定有瑶的消息，璞离开茶山去了菊坡。

能见到琪也不是一件特别容易的事情。琪刚刚回到天上自然要收敛一些，轻易不会离开菊园，但璞还是利用自己筱园守门人的身份顺利找到了琪。

菊坡上琪告诉璞，瑶回来后做了后土娘娘的侍女，已经离开茶山。

璞像被当头浇了一桶冷水，浑身冷透了。梦想破碎，似乎到了末日，心情不禁黯淡下来。他清楚地知道，从此他和瑶天各一方，很难见面了。

琪看着失魂落魄的璞，心中一阵感慨，璞原来是这样子的。她安慰他说："瑶去了一个好地方，我们应该为她高兴才是。"

璞一脸的忧郁，说："是的！能去那个地方是瑶的梦想，我从心底祝福她。"

琪见璞的心境有了改变，说："同在天上，总是有见面机会的。"

璞强打精神，附和说："是啊！总是有机会的。"

此刻，璞有了一种恍惚，一种睡得太久彻底醒来之前的恍惚。茶山、金水池、大峡谷、胭脂渡、天河，自己究竟身在何处？璞觉得自己听到、见到的都不真实，全姐、娈女、飏、瑶，他们都在哪儿？

琪明白璞的心思，他心里仍然装着瑶。然而这是天上，璞的执着是永远也没有结果的事情，只能是给他自己和瑶招来许多意想不到的麻烦。琪有了不安，想再跟璞说点什么，璞却向她告辞，转身往回走去。

琪十分无奈，想帮他，又帮不了。

璞慢慢往回走去，像是荒野上迷了路的孩子。

璞又来到了天河边上。天河寂寂，没有一丝波澜，他站在岸边，心里更加凄凉。

“瑶！你在哪儿？”他从心底发出一声呼喊。

璞看着天河，泪水慢慢流淌下来。

他被情爱冲昏了头脑，不再是大峡谷里那个空灵的少年。

丢了魂的璞回到筱园，想着接下来漫长无尽的日子，心野草般地荒着。他坐在树下的石凳上将头伏在双膝之上，昏然睡去。

琯从园门里伸头看着璞。他想笑，但没有笑。

璞不再去茶山，几乎每天都去天河，在岸边一站就是很久。他对天河的痴迷令人惊愕——其实那是因为娈女。

娈女知道璞就站在岸上，却装作一无所知。她知道璞是想向她倾诉心中的苦闷，但娈女不想见他。这里是天河，不是胭脂渡。

璞一如既往，丝毫没有停止的迹象。娈女虽然无奈，却也不想让他陷得太深，她要劝说璞丢掉那份执着。

水花泛起，娈女出了天河直接站在璞的面前。依旧是娈女，依旧是那身黄衣，依旧是那样的身姿，与璞在筱园门口第一次看见她时一模一样。

璞一阵惊喜，在胭脂渡、在金水池，娈女从未像今天这样楚楚动人。

璞忘记了烦恼，忘记了忧伤，眼前一片光明。他往前迈了一步，想去抓娈女的手。

娈女后退了一步，连连摇手，“璞！你不能这样。”

璞老实下来。

娈女说：“璞！我们那段日子早就过去了，你不可以这样。”

璞说：“我管不住自己。”

娈女：“不可以的，那样不但害了你，也会害了我。”

璞说：“我很后悔，后悔和你离开大峡谷。”

娈女说：“可我们总是要回来的。”

璞眼里闪过一丝迷茫：“我不明白，我们回到天上究竟是为了什么？”

娈女仔细打量着璞，低声说：“璞！你变了，变得我都有些吃惊。”

璞看见娈女头上插着一只带玉坠的银簪，说：“娈女，把那银簪送我吧！”

娈女果断地说：“不行！那会害了你。”

璞喃喃地说：“我现在什么都没有了。”

娈女说：“在天上，你什么都不会有。”

她说得很对，无论仙子还是童子，他们的内心永远都应该这样——无欲无求。不过，确有那么一些仙子为了达到去人间的目的故意弄些过错出来，娘娘一怒即将她们贬下凡间，这也算是得了好处的。

娈女不想看见璞出任何差错，又为璞的蒙昧而惋惜。

“璞！你的处境和我们不一样，千万别弄出什么事情来。”娈女苦口婆心地劝导。

璞却说：“我忘不了和你在一起的日子。有一天，你还愿意和我走吗?”

娈女有些生气，她后悔跑出来见璞，说：“璞，忘了我吧！也忘了瑶，这样对大家都好。”

璞固执地说：“我做不到。”

娈女见他陷得太深，知道再说也没有用，道声珍重，转身返回河中。

璞站在岸上，呆呆地望着河水。

娈女说得没错，璞的固执果真害了他自己。从天河边回来之后没几天，管园的公公就派珈将璞叫了去，璞站在公公面前心里琢磨着他要对自己说什么。公公脸上一点儿表情也没有，却使璞心里感到了无底的虚空与胆怯。

公公看着这个不争气的童子，叹了口气。

璞打了个哆嗦。

公公不紧不慢地说：“你的事情惊动了金阙，你应该知道那是什么所在。现在我也没法儿保你，你再去金水池走一遭吧!”

璞听了，脸色大变。

公公说：“今日天秤星当令，苍生有难，你此去当有所作为。”

璞流泪了，说：“谢公公。”

公公又说，“你不必耽搁，我这就派珈送你出天门。记住，十二天后你再回来。”

从公公那里出来，璞来到园门口，珈、琨、琯都站在那里等着他。璞望着他们，心中泛起一丝绝望。

今天璞可以大大方方地离开，公公早已将他的去向通知了守天门的兵丁。璞在人们的催促下慢慢走向天门。

迈出天门之前，璞停了下来。他回头向北方的天上望去，那里玉栋金梁雕墙镌壁，瑶就在那后面。

璞走后，公公叫珋去守园门。琯仍旧在竹林里洒水锄草。

一天，娈女听说璞被贬黜，心中一阵伤感：璞太不懂得珍惜了。

瑶听到这一消息时，事情已经过去了很久，那时璞又回到了天上。

全姐站在巨石旁默默地看着池水，她身后传来轻轻的脚步声。全姐回头一看，璞来到她的身边。

“全姐！”

“璞！你简直是从天上掉下来的。”

“我就是从天上掉下来的。”

“瑶，她在哪儿？”

“瑶在玉阙。”

“娈女在哪儿？”

“娈女在天河。”

全姐不解，看着璞，问：“那你怎么来了？”

璞笑笑，说：“我是被贬下来的。”

全姐似乎明白了，说：“这回你不会走了吧！”

璞说：“我终归是要回去的。”

全姐无语。

离开天河，璞迷失的真性渐渐苏醒。他走近全姐，说：“我还没有一个住下来的地方呢!”

全姐笑了，说：“你想住哪里就住哪里。”

“我还想去你那里。”

“随你便。”

璞又想起了飏，问：“飏，他怎么样了?”

全姐说：“他在大峡谷，已经好久没见到他了。”

蜈家四兄弟听见两人在说话，从巨石后面探出头来。

“璞！真的是你?”

璞冲它们挥挥手，“真高兴，又见到你们了。”

全姐责备蜈家四兄弟：“真没规矩，偷听人家说话。”

蜈家四兄弟走过来，一齐嚷嚷。

“我们知道了，璞是为了全姐才偷偷跑下来的。”

“璞！全姐一直在等着你……”

璞有些不好意思。

全姐看着蜈家四兄弟，这次她没责备他们。

在蜈家四兄弟的簇拥下，璞和全姐向山洞那边走去。夏天的正午，天气确实令人欢欣鼓舞。全姐笑了——但不是脸上。璞看不见，但他分明感觉到了。在璞的心里，全姐和自己属于什么关系他也没有一个明确的答案。未来的日子他们还能像过去五年那样吗？也许不会。

璞不愿意过多地想。

全姐沉默着。一路上她什么也不说，璞完全知道她的心声。全姐从来不去打扮，她是水一般清淡的女子。根据过去的经验判断，今天璞不会拒绝她。

璞在山洞外的空地上停下来，已经离开十几年，这里似乎没有任何变化。他向山坡下望去，感觉还是缺少了些什么，至于究竟缺少了什么他又说不出来。

璞问全姐："从山口到池岸怎么看不见一个人?"

全姐说："最近这些日子部落之间接连发生冲突，已经死了好多人，大白天很少有人敢出来活动。"

璞有些吃惊，他不明白为什么金水池这样祥和太平的地方居然会发生冲突，听起来还有些恐怖。他问全姐："那是因为什么?"

全姐简单地说："世道变了。"

璞仔细体会着全姐这句话，还是有些困惑。

几天后，飏和离来到了金水池。

飏告诉璞大峡谷那边许多部落的女首领已经被男人取代，部落间的劫掠和仇杀蔓延开来，飏和离也成了被追杀的对象。部落里的人虽然奈何不了他们，但留在那里的确不堪其扰，无奈他们只好来到金水池。

璞说这里虽不太安宁但总比山口外面好得多，飏来得正好，可以和他去做一件事情。

接下来的几天里，璞和飏带着蜈家四兄弟很大方地走动着，一个部落又一个部落，劝说人们停止劫掠和仇杀。

那些手持弓箭棍棒、一脸蛮相的人根本就听不进他们的话，璞和飏唯一能做的就是带着蜈家四兄弟安抚那些劫后余生的老弱，将无处投身的人安置到山洞里。

离成了全姐得力的帮手，她们原本就应该这样。有了闲暇

她们便谈起过去，离说过去她听信了奇人的话来到金水池，结果因祸得福遇见了飏和全姐。

全姐回想起飏和离偷偷离开山洞去大峡谷的那段经历，心中泛起一丝淡淡的悲凉。如今不管什么原因，离和飏又回到这里来，全姐心中又有了一种柔和的、温暖的感觉。这世上的事情真的让人说不清。

离问全姐，那年如果没有自己和奇人这件事情，飏会不会离开她？全姐笑了，告诉离聚散全凭缘分，没有如果。离听全姐这么说，显得很开心。

金水池变得越发凶险，丰的部落遭受了一次重创。一天夜里，山口外二三十条汉子杀死了丰部落里十几个男人和几个年老的女人，将包括雨和叶在内的十几个女子掠走，所幸的是叶中途跳进金水池得以逃脱。叶在池水中躲了一个多时辰，天快亮的时候才爬上岸。叶躲进竹林两天后被蜈家四兄弟发现，将她背上山坡。

十几年前雨和叶在山口与奇人遭遇后，叶的胆子就变得很小，她整天留在部落再也不敢去山口，一到雨天就怕得不行。

面对一张张陌生的面孔，叶害怕极了。幸亏有全姐和离，叶才慢慢安静下来。

璞和飏商量后决定从丰这个部落做起。

他们去山外找到洗劫丰部落的那二三十条汉子，要他们交出掠得的女子和什物。过程是一场格斗，结果是二三十条汉子乖乖交出什物和掠去的女子。璞和飏带着蜈家四兄弟不分白天黑夜，一如既往地走动着。那些不安分的人见了他们一个个都变得肃穆与谦卑，从此仇杀和劫掠逐渐减少，山口内外终于安定下来。

金水池在仇杀劫掠的苦海中煎熬的人们开始松口气，许多人跑向山洞要璞和飏去做他们的首领，闹哄哄的太阳底下璞和飏东躲西藏。秋天到来的时候，金水池彻底恢复了平静。

飏和离又去了大峡谷，那里原本就是离的家，未来他们还有一段美好的日子。离是个温存的女子，很会疼人，和她在一起飏觉得很开心。几年后的夏天，璞和全姐来到大峡谷，那时飏斜靠在树荫下用捡来的黑白石子与离作棋玩耍，一副闲散的样子。离很喜欢花朵，她把茅屋的四周全都种上百合，远远看去一片花海。

沧海桑田，悠悠岁月，这样的日子应当有过。

有意思的是叶，她没有回到自己的部落里去。那天雨来接她，叶无声地哭泣起来，说她不想回到那个让她心惊肉跳的地方去。雨就不再勉强她，叶从此留在全姐身边。全姐把奇人的故事挑挑拣拣地说给她听，叶慢慢摆脱了心灵上的阴影。她就这样很平静地待在山洞里，两个冬天后她告别全姐回到了自己原来的部落。

叶小的时候痴迷神仙，撞见奇人那一刻她彻底改变了对神仙的看法，对此类事情不仅不再痴迷而且十分反感。直到离开全姐那天，叶都不清楚全姐、璞，还有蜈家四兄弟到底是什么样的出身。

小说写到这里，金水池的故事也就要结束了，但还有必要对璞和全姐的事情再做些交代。这次巨石旁见到全姐，璞心中有了一种柔和的、温热的感觉。他竟同情起全姐来，甚至觉得金水池的一切都让人有点儿悲悯。曾经的五年，只要到了夜晚璞就会察觉到一种孤独和烦闷。山口外的土路上第一次见到全姐，他好不容易才压制住内心深处的厌烦。因为被贬，璞又住进全姐的山洞。最初的几天，璞总是迟迟不能入睡，两个人坐在一起听着山洞外面风吹过竹林时发出的寂寞之声，心中泛起一股淡淡的忧伤，就像丢失了什么却又不知究竟丢失了什么的两个人。黑暗中他们互相看着，然后默默无语地依偎在一起。

拥抱着全姐，璞心里不禁涌起一阵阵渴望与慌乱。他原本就是一颗多情的种子。

在接下来的日子里，璞与全姐相守在一起。竹林、山洞、巨石、池水，这是天外之天。无人惊扰的日子，两人的相处不仅仅是一种肉体的惬意，更是灵魂的惬意。就像金水池的夏天，温暖但不燥热。还有一个小插曲特别值得一提，那就是璞唇上带着一个女人的吻痕。飏、瑶和琪甚至娈女谁都没有发现，尘世上的人不但看不见更是弄不懂。然而全姐却看得真真切切，她心想这个非分的痕迹绝不是瑶更不是娈女留下的东西。蜈家四兄弟曾经去过一次大峡谷，回来说璞曾在一个部落里停留，而且与一个女人关系很暧昧。全姐想了想，应该是那个女人在璞身上留下的印痕，而且它将一直保留在璞的唇上，因为璞凡心太重，它轻易不会逝去。作用却只有一个：提醒别人这是一个善解风情的少年。后来这道风景竟然成了全姐揶揄璞的一个笑料，全姐心里很清楚那原本就不是什么值得大惊小怪的事情，拿他开心而已。其实在胭脂渡的时候，璞的这个秘密就已经被鼋婆发现，但她就是不去说破，也没有必要去说破。

璞并不因为全姐知道了这个秘密而感到尴尬，那是他想躲也躲不掉的事情，何况那个夜晚他也没做什么。全姐只要高兴了就会把这件事翻出来抖落一番，璞只是笑笑，从不过多辩解。多年以后一想起那个骨感的女人，璞心中多少还有些负疚感。他曾经答应那个女人，说他很快就会回来的，但他食言了。

蜈家四兄弟不得要领，但他们看到了另一面：璞眼里虽然有忧，嘴角却带着喜悦。

金水池真的不可思议。

五

十二年后，申月夜。

璞看了看熟睡中的全姐，悄悄走出山洞。

穿过竹林，璞来到巨石旁，飏已经在那里等他。

璞问飏，离怎么样了？飏告诉璞，离过几天就来金水池找全姐。

上弦月早就下去了，满天星斗。璞和飏抬头望着天河，期待着池水与天河水相交的那一刻。

水雾从湖上漫起，四野一片迷茫。星斗在隐退，天河的水汽漫下来遮蔽了整个金水池。一时间水天相连，璞和飏借助水汽踏上一片云彩慢慢升起……

后 记

我小的时候很爱看天上的星星，夜空充满了神秘。秋天的夜晚，已经十一点钟，去邻村看电影回来的路上，夜像熟睡的少女静得让人感动。一条玉带挂在天幕上，听人说那就是天河。我有了一种幻想，也许那里就有一个和我一般大的少年，他在做什么？什么时候我也能走进那道由无数星星组成的天河？

村外土路两旁生长着茂盛的麻，灰蓝的夜空下麻散发着迷人的香气。不知名的秋虫凄凄哀哀地清唱着，声音纯净而忧伤，这声音拨弄着我想家的心弦，我放下了对天河的憧憬，加快了回家的脚步。

几十年过去了，远离乡村的我再也找不回小时候那夜的宁静，日出而作日落而息的日子已经远去，城市的灯火将深邃的夜空搅得一团糟。那远去的朦胧的夜色就像少女清纯的眼睛，如今再也看不见她往日的光泽，有的只是呆滞、昏暗、木讷和心不在焉。但这些年来小时候的夜色仍不时走进我的记忆，“天河中有个少年”的幻想再次浮上心头。我想我该为那年那个幻想和那夜的记忆写点东西了。

刚刚有了写一部幻想类作品的念头，却发现此类作品早已经铺天盖地，时空穿越已经造就了一种时尚和潮流，而我的胡思乱想却有些生不逢时，偏偏在这个时候去凑一份热闹，真的很局促。

但我还是在犹豫和虚弱中写了下去，甚至是战战兢兢，生怕我这部既单薄又拘谨的作品被划入某种流派，如果真的那样实在是一场悲哀。

千姿百态的文学作品是由每一个作者独特的体验和巨大的差异决定的，文学作品没有谁从属于谁，也没有谁能够代替了谁。就像不同大陆板块碰撞挤压造就的山脉、沟壑和平原，各有各的艺术风景。

如果有人同意我说的这些话，我倒稍觉安心一些。

郑玉林

2017 年 10 月